講談社文庫

うたうおばけ

くどうれいん

講談社

もくじ

うたうおばけ

うたうおばけ

「工藤さんって友達多そうっすよね」と言われて眉間がへんな形になった。げ、と思ったので、げ、と言った。

わたしは友達という言葉があまり好きではない。小学校の体育館で、みんなで大きな輪になって手を繋いで友達は大事、助け合おうみたいな歌を歌ってからというもの、それから思春期はずっと目つきが悪かったような気がする。

「ストップストップ、みなさん、口をしっかり開けないから『おもだち』に聞こえますよ、口を指三本入るくらい、おぉおきく開けて、子音をしっかり。t（ツッ）、t（ツッ）、トォ、モォ、ダァ、チィ、いいね？　それじゃあ伴奏お願いしまあす」

先生が両腕を上げる。今になって思う、あの大きな輪の中に（なーにが友達だよ）と思っていた人が何人いただろう。わたしはそういう人ともっと仲良くなるべきだった。わたしにとっての「友達」は、そういう、繋いだ手から抜けたらステージの上にいる先生が「そこ!」と怒るような、むさ苦しくて窮屈で退屈な言葉になってしまった。友達だから。友達なのに。そんなつまらない絆物語に、自分の人生を添わせてたまるか。

人生はドラマではないが、シーンは急にくる。わたしたちはそれぞれに様々な人と、その人生ごとすれ違う。だから、花やうさぎや冷蔵庫やサメやスーパーボールの泳ぐ水族館のように毎日はおもしろい。どれを掴むのか迷って迷って仕方がない毎日であれば、この人もこんなつまらないことわたしに聞かなくたっていいはずなのに。「友達が多そう」って褒め言葉のつもりでしょう。友達の多さが人間の価値だと思っているのでしょう。そんな安易なものさしでわたしを計らないで。あなたたちはみんなそう、みーんなそう。

わたしは頭に浮かぶかぎりの意地悪なことを言いそうになり、やめる。友達の多さを褒める世界で生きている人は、でも、割とわたしよりもちゃんとした人生を送っていることが多い。(ちゃんとした人生、とは……) こういう人と対峙するとわたしももっと言われた通りやってりゃよかったんだろうな。と思ったりする。言われた通りやってりゃ今ごろ。今ごろ何だ。

「あー、意外とあんま友達いない感じすか」

しばらく黙ったわたしを待ち飽きてその人は面倒そうに言った。ええい、どうせこの場限りの会話なのだ。意地悪を言う必要はない。祈りのように目を閉じ、開き、わたしは微笑みかける。

「いやいや、いろんな人と仲良しですよ」

「へえ、可愛い子いたら紹介してくださいよ」

ワーオ。息を吸うように、かつ適当に出てくるこの言葉。最悪である。天罰フォーユー。脳裏の大きな電光掲示板に創英角ゴシックで「残念」という文字が黄色く点滅する。わたしは決断する。どうせこの場限りの会話なのだ。

「うたうおばけとか、紹介しましょうか」

「は？」

「なにそれ」

「おばけです」

三月の夜、わたしは岬の実家に泊まっていた。二〇一五年。わたしは二十歳で岬は十七歳だった。大学生と高校生で、わたしたちはそれぞれにぼんやりと鬱屈としていた。とてもよく整頓されたかわいい部屋でいつでも寝られる準備を整えたころ、岬はベッドの上でおもむろに茶色いフリースのパーカーを後ろ前逆に着て、フードを顔に被せて言った。

「おばけです」

「おばけ?」

「そうです、おばけ」

茶色いふかふかのおばけ。大きないなり寿司のようでもある。うっふっふ、とふくよかな笑い声が出てしまう。あら、おばけが出ましたね。おばけは目がないので、さわさわと手の感覚だけで枕の近くにある奈良美智の犬のぬいぐるみを掴み、撫ではじめた。

「やさしいおばけだね」

「そうですよ」

おばけはさらに、手をひょんひょん動かしてちょっと踊ったようにしたあとすこし考えて、ベッドのそばからまた手探りでクラシックギターを取り出して言った。

「おばけ、歌います」

「うたうおばけだ」

おばけには爪がない。抱えたクラシックギターの弦を、もっ、とつかんで、もう片方の手でさりさりと弾くふりをする。可愛いので写ルンですで一枚写真を撮る。あ。おばけだから写真、写らないかもしれない。おばけはレミオロメンの「3月9日」をちょっとだけ歌った。その歌声はちいさくも穏やかでわたしたちにちょうどよかった。むわ、あちい、と言いながらフードを外しておばけは岬になったので、わたしたちは顔を見合わせて笑った。今になってあれは青春だったのかもと思う。それでも大学生と高校生でわたしたちはそれぞれにぼんやりと鬱屈としていた。そういう夜だった。

「えっ、見える系？　うける、工藤さん、意外とそっち？」

「えっ、そっちこそお友達多そうなのに、おばけとはお友達じゃないんですか？」

「いや、待って待ってまじで」

かわいそうに。この人も普通の話をしたかっただけだろう。でも、わたしも普通の話をしたかったんだ。わたしと出会ってしまったのがわるい。笑ってやり過ごすうちにバスが来て、はてなマークが溢れる彼に頭を下げて別れた。

バスの中でおばけの写真を見返す。おばけと仲良くできるというのは、よいことだなあ。「友達」は多くないけれど「ともだち」は多いな、わたしは。（なーにが友達だよ）と思いながら自分のともだちのことを思うとき、それはおだやかにかわいい百鬼夜行のようだ。

ミオ

ミオはその夜ほんとうに喪服で来た。赤い暖簾のラーメン屋でミオはカツカレーを、武藤さんはチャーシューメンを、わたしは回鍋肉定食を食べた。ミオはそれを「葬式」であると言い張った。

クリスマス数日前にミオが失恋した。突然のことだった。わたしはいつもの喫茶店の窓際の席でその訴えを聞いた。ミオを傷つけた男は「あんたねえ」と言いたくなるようなひどい男で、そのワイドショー（あるいは昼ドラ）めいたひどさに現実のこととは思えず、こころが浮いたまま相槌を打った。ひどい！　と怒るにはあまりにくだらなく、くだらない！　と見下すにはあまりに誠実で、誠実だったにしては、あまりに残酷な状況だった。そういう入り組んだ状況であったから、どのような言葉をかけるのがミオにとって救済になるか判断するのはとても難しかった。わたしが話の流れ

に締めくくるように
「こんなにかわいくて健気なミオを手放したら、ぜったい後悔するのにね」

とやるせなく微笑んでみせると、ミオは「そうだよ、わたしはこんなにかわいくて健気なのに。地獄行きだよ」と言い、口をむっ、として泣いた。

ミオは本来とても気配りができる優しい女性である。そのミオが無理して地獄行きだのと言っていることはすぐにわかった。無理して嫌いにならなければいけない。その張り裂けそうなこころのことを思い、わたしは会ったこともないそのひどい男を(あんたまじで地獄行きだよ)と呪った。

ミオは窓際の席でわたしに話しながら真顔でぱたぱたと泣いた。ミオはだれもが振り返るような美しい顔をしているので、真顔で延々と泣いているのが人魚のような、完璧なアンドロイドのような不気味さがあった。あまりに泣いて店内がやや気まずくなってきたので外へ出て、店の目の前にある銀どろの木の下で深呼吸をした。すぐそばを流れる川の音と、ミオがすぅ、と息を吸う音だけがした。冬の夜空がやけに澄んで店の外のお手製イルミネーションがはつらつと点灯し、それがけっこう残酷だった。

よし、とミオは小さく言い、しゃがんでＬＩＮＥのアルバムを削除しはじめた。泣きながら、肩を震わせてひとつひとつ消した。わたしはミオの背中をさすりながら、えらいね、そうだね、大丈夫？　無理しないでね、を繰り返した。アルバムはたくさんあった。ミオが大きなパンを持って嬉しそうにしていたり、湖でのいい笑顔のツーショットがあったり、その男が彼氏のような顔で振り向いている写真があったりした。恋人同士の記録がありすぎて、今のひどい状況のことがますます理解できなくなっていく。デートをひとつひとつ消すのは傍から見ていても苦行だった。わたしは終始、うー、と、ミオが小さく唸りながら消すその震える背中をさすり、とん、とん、とやさしく叩いた。まだ好きなのだとわかった。ミオとこんなにも思い出を残しておいて、こんなにも苦しい思いにさせるのか。あんた、本当に頼むよ、地獄行き。と思った。

クリスマスも過ぎて数日経ったころミオからふたたび連絡があった。ひどい男のさらにひどい情報が発覚したのだという。聞くとこれはもう笑うしかないひどさで、ミオ、こりゃだめだわ、とわたしは笑ってしまった。ミオも、もはや笑っていた。

「お通夜のようなきもちかい？」

というわたしのおどけたひと言が引き金になった。親戚から譲り受けたとてもかわいい喪服があるのでそれを着たいと言う。葬式をやる。それできれいさっぱり終わりにする。式の段取りはとんとん拍子で決まった。「さようならがあたたかい」という葬儀場のCMを見てちょっとウケたりしながら、その日はあっという間に来た。

ミオはほんとうに喪服で来た。ミオの言うとおり、びっくりするほど上品でかわいい喪服だった。ミオの友人の武藤さんとわたしは精一杯喪服っぽい黒い服を着た。赤い暖簾のラーメン屋で明らかに三人は浮いていた。そもそも若い女性が来るような店ではないのである。カツカレーとチャーシューメンと回鍋肉定食はそれぞれとても大きく、投げやりなきもちに寄り添うようなちょうどいい乱暴なおいしさがあった。「今日はお足元のわるい中」「いえいえ、生前はすごい人だったとお聞きしております」などと小声で言いあいくすくす笑った。

そのあと、わたしたちはカラオケで法を守る範囲で思いつく限りの不謹慎なことをした。ミオはSugarの「ウエディング・ベル」を歌いながらまた泣いた。〝くたばっちまえ、アーメン〟。ミオにはこの儀式が必要だったのだ。不謹慎、それがなんだ。こっちはどれだけ理不尽な思いをしても生きていかなきゃいけないんだよ。わたしたちはここには書けないほどお行儀の悪いことをしてたくさん写真を撮った。

終わるころには不謹慎であることがつらくなってきてぐったりしながら帰った。わたしたちは基本的にはとてもいい子なのである。

もう二度と、こういうことしなくてもいいようにがんばるね。とミオは笑った。こんどは呪わない儀式をしよう。

アミ

いつもは乗らない時間の電車に乗ったらとても空いていた。なんとなくそわそわしながら紫色の座席に座る。

この電車はもうじき丸四年乗ったことになる。高校時代の三年間とこの一年。だからリンクしてしまう。電車の振動を感じながらとりとめもない田舎の景色が流れていくとき、どうしても記憶の先にこころが飛ぶ。何年も前のことになってしまった。

その駅から通学できる高校は五つあって、そのうちふたつが進学校。そのひとつにわたしがなんとか通っていた高校があって、あとの三つは、当時わりと治安の悪かった私立だった。夕方になると駅は五種類の制服でごった返す。古文の単語帳を見たり英語の短文をひたすら念仏のようにつぶやく人たちの傍らで、腰骨でズボンを穿いた男子たちがプラットホームの柱にペニスの絵を描いてゲラゲラ笑っていた。わたあめの匂いの強烈な香水と、シーブリーズと、コンビニのフライドチキンの匂いがした。よく覚えている、多感だったから。わたしは電車を待つ間ポメラか携帯でずっと短歌か随筆かブログを書いていた。書いている最中、突然、目の前に細く白く綺麗な手がパーになって差し出され、ひらひらし、いよう、と声がして顔を上げるといつだってそれはアミだった。

「おべんきょ？」

「ううん、趣味」

アミは小学校と中学校の同級生だ。アミはわたしと同じ駅で降りて、わりと治安の悪い高校に通っていた。橋本環奈によく似ていて女子高生であるという事実を唸るほど味方につけていた。「今日もかわいいね」。ひねくれているわたしでも思わず毎回そう言ってしまう。アミは必ずばかにしたように「知ってる」と笑った。この笑顔が、意地悪でたまらなく美しかった。

アミと同じ中学校だったときはほとんど話さなかったし、小学生の時はわたしもアミもいじめたりいじめられたりしていたのでよく覚えていない。とにかくお互いに過去のことはなるべく思い出したくないし、今違う学校に通って自分のことを何にも知らない人たちと仲良くうまくやってそれで満足しているのだった。こんなに混沌としたプラットホームだからこそ、地元の同じ駅からここに通う者同士たいして仲がよくなかった事実に救われるようなきもちもあって、妙にお互い落ち着くというか、居心地がよかった。わたしたちは一緒に帰ろうとメールし合うでもなく、たまたまそのプラットホームにひとりきり同士のときだけ、弱い磁石のように引き寄せ合った。

「ねえ玲音ちゃん、見たよわたし、あいつの今の彼女、正面から」

あいつ、というのはわたしが付き合っていて別れた彼氏のことで、今の彼女というのは元彼がわたしと別れてすぐ付き合いはじめた知らない女の子だった。五つの高校が行き交う駅のせいでわたしはそれを知った。「岩みたいな顔でさあ！　岩に、切り傷つけたみたいなほっそい目だったよ」アミは大爆笑する。アミの大爆笑は高笑いのようで悪魔のようで可愛い。

「手繋いで歩いてたから、追い越して振り向いてガン見しちゃった！　岩だよ、歩く岩、あいつどうしちゃったのかな。玲音ちゃんとは頑なに登校も下校も手繋がなかったくせに」「当てつけかもね」わたしは力なく笑ってみせる。「でもさー、あんな女の子選ぶってことはよっぽど内面がいい女なのかもね。玲音ちゃんって性格が面倒だし、重そうだから」「ふざけんな」肩に軽くパンチする。アミはきゃらきゃら笑いながら軽くかわして、元気出せって、とわたしの背中を強く叩く。わたしはアミのフルーツナイフみたいな鋭い言葉に結構救われていた。膿が出ないと完治しないような悩みばかりだった。


「アミは彼氏できたの」

「向こうが勝手に付き合ってると思い込んでるだけ」

「なにそれ、どんな人？」

「空は青い！　太陽は熱い！　俺はアミちゃんが大好き！　みたいなばかな人」

「あはは、ちょーいいじゃん」

「よくないよ、デートの集合時間朝五時半とかだし。朝練かよ」


わたしはこの会話を、よく晴れた青空の下でよく思い出す。アミは今どこで何をしているのだろう。「空は青い！　太陽は熱い！」ような人と、また付き合ったりしているのだろうか。わたしは知らないし、知らなくていい。でも、わたしがそうであるようにアミもわたしのことを思い出したりしているだろうか。

昔のことを思い出しているうちに盛岡駅に着く。ホームはうっすらと雪に覆われている。ゆっくり歩いていたら後ろから小走りの女性に追い越された。きれいな人、と思ってからはっとした。背丈や、身体の細さに見覚えがある、黒くて細くてきれいな髪が改札に向かって駆けていく。あの走りかた、もしかして、

「あっ」声が出た。

アミかも。でも、ここにいるはずないな。アミは田舎が大嫌いだから。追いかけて確認することもできたはずなのに、わたしは追うどころか立ち止まっていた。振り返った彼女がアミだったとして、わたしはアミになにを言えばいいかわからなかったし、わたしは、今のわたしをアミがなんと言うのか、すこし、こわかった。

まみちゃん

「これが山形のおいしいお米、つや姫」

「うん」

「こっちが山形のおいしいお酒、まほろばの貴婦人」

「やった、ありがとう」

「あっ、しまった！」

はじめて会った日。会いに来てくれたまみちゃんはお土産をわたしの前に並べて、顔を両手で覆ったまま真っ赤になった。まみちゃんは、どうしようどうしようと一通り騒いだあと観念したように言った。

「お米とお酒。神様へのお供え物みたいになっちゃった」

会って一時間も経っていないのに、たぶんわたしはこの人ときっと長いことともだちでいるのだろう、と思った。そうして本当に長いこともだちでいる。

Sabotage

かわいい女子高生がメダルを持ってはにかむ新聞記事を読んだ。小中高で皆勤賞を受賞し、十二年間無遅刻無欠席だったという。十二年間。けだるい月曜日も、体調の悪い火曜日も、けんかした木曜日も、六歳から十八歳までのそのすべての登校日に出席しているのか。わたしにはうまく想像できない。風邪もなぞの高熱も怪我もなかったのだろうか。あっても、おして登校したのだろうか。進学して保育士になりたいと話す彼女をまぶしく眺めながら、それが羨望ではないことがなんとなくわかっている。わたしは学校が大好きだったけれど、学校を休むのも大好きだった。

たいていは本当に体調を崩して休んだ日の次の日がそうだった。おなかが痛いとか頭が痛いとか。うめき方、眉のひそめ方、吐きそうな咳の仕方。前日からどう症状を引き継いで訴えれば母を欺けるか大体わかっていた。今になってわかる。ほんとうに恥ずかしくて仕方がないが、母はそれを全てわかった上で、信じたふりをしてわたしを休ませていた。ほんとうに具合が悪かった場合、早退されても仕事で迎えに来られなかったからかもしれない。

学校に連絡を入れてくれた母が家を出る車の音を聞くなり、わたしはガッツポーズで起き上がり好きなことばかりしていた。小学生のときは絵本を読み、雨も降っていないのに傘をさして外へ出て、傘が裏返るまで走ったり、高いところからメリーポピンズのように飛び降りたり、畑から野菜を捥《も》いで齧ったりして、それからいそいそ布団へ潜り込んだ。まだ明るいのに布団の中にいると、世界にひとりきりでいるような、いや、ひとりで世界をはじめてしまったようなきもちになるのだった。その布団の中で、カントリーマアムやおせんべいを静かに割って、少しずつ食べるのが好きだった。「びんぼうごっこ」と呼んでいた。そのまま首だけ出してさわやか三組やピングーを観るのが好きだった。

中学生になっても、唐突に休むことがあった。好きなブロガーのブログを読み漁り、Yahoo! チャットで知らない外国人と頑張って英語でチャットをするも遅くて追い出されたり、ふみコミュでまったく知らない人の恋バナ相手になっていた（いま思えば十四歳女を名乗るおじさんだったかもしれない）。

高校生の時は家を出て学校に向かう自転車の群れに混ざって移動しながら、下って上らなければいけないU字の橋を下って、さらに下って、知らない団地の公園に自転車を停めてブログを書いたり短歌を作ったりしていた。九時を過ぎると母ではなく担任で顧問の由美子ちゃんから「おーい、また短歌か。三十分以内に来たらお母さんには電話しないでおいてやるけどどうする」と電話が掛かってきて、げえ、すみません、行きます。と誰もいない歩道を自転車を漕いでしぶしぶ登校した。

不登校というわけでもなかった。ただ、ぽっかりとしてしまうと数時間や数日、どうともならないのだった。どうして休んでしまったのだろう。行けないな、と思って、行かないと、行けなかった。明確な理由はなかった。たぶん行けば行けた。でも、行けなかったし、行かなくてよかった。そのぶん、冷蔵庫からかにかまを出して泥棒みたいなきもちで食べたり、蟻の巣にチューペットを刺したり、全然わかんない数学の解説番組を観たり、毛布の四隅の先を吸ったりしたときのほの暗い思い出が今わたしに沈殿している。

早退するとき、遅刻するとき、自分以外誰もいない大きな下駄箱の列の中で深呼吸をした。こんなにたくさんある同じかたちの靴の中からわたしのものをわたしのものだと確信して引き抜くとき、選んだのではなく選ばれたのだと思って、安心していた。

パソコンのひと

パソコンが不調で、開きたいページが展開されるまでずーっと考え中になってしまう。考え中のグラデーションに光る円が永遠に回り続ける。待ちくたびれた上司が内線でパソコン不調の専門の職員さんを呼んでくれる。上司と光る円を見つめ続けているとようやくぱらぱらとページが表示された。「あ、出ちゃいましたね」「出ちゃったけど、呼んじゃった」全てのページが見られるようになるのとほぼ同時に、既に解決された問題を解決するために細身の男性がお待たせしましたと駆け寄ってくる。

「あの、できちゃいました」

「あら、できちゃいましたか。でも、一応今後のためにできる限りの対策をしておきますね」

呼ばれたら解決していた、ということもよくあるのだろうか。ちっともいやそうな顔をせず男性は何かの設定を変えている。もしかするとまた同じくらい重くなるかもしれないので、そういう時はここのタブからこれを選んでチェックを外してください。ほへー。ほへー。わたしと上司はあほな鳥のような相槌をうち、今後も自分でやることはないだろうと思いながら見ている。

「これですこしは」

「お、さすが」

更新ボタンを押してみると、円は相変わらず光りながら回転する。ぐる、ぐる……あ、でもさっきよりきもち速いですね、そうねえ、そんな気がしてきますねえ。全く改善されていないのだがわたしたちは少しだけ気遣って笑う。そんなことないですよ、こりゃ、だめですね。まあでも繋がったんなら。男性はとくに恥ずかしがるでも落ち込むでもなく立ち上がる。

「おまじないにしかなりませんでしたね」

男性はそう言って、眉を下げてやさしく笑って出て行った。わたしはそのひとことに顔をあげたまま固まる。よしっ、じゃ、あとはそこのデータよろしくお願いします。と上司は自分の席に戻ってゆく。あ、はい、ありがとうございました、助かりました！

キーを叩きながらしばらくはぼーっと考えていた。おまじないにしかなりませんでしたね、という言葉の妙なパワーのことを。気休め、なんて言葉よりずっといい。おまじないにしかなりません。おまじないだけで解決する問題を、みんながどれほど抱えているか。

内線のひと

　そのころわたしは電話のそばのデスクで働いていた。秋晴れで気温もちょうどよく、キーボードを打つのもなんとなく軽快な午後二時のことだった。

「ちょっと！」

　電話を取ると、その一言がもしもし、よりも先だった。声の大きな男性は緊迫した調子で続けた。

「ちょっと、急ぎ、課長に繋いでもらえますか」

　慌てられると慌ててしまう。えっ、えっ。急ぎなのか、急がなくっちゃ！　どこの課の誰なのかもわからないままわたしは保留を押して、わたわたと立ち上がった。

「課長！　至急のお電話です！」

　急いで立ち上がったので、座っていた回転いすがつーっと後ろに下がる。ばっと顔をあげてみんながわたしの顔を見て、それから課長のほうを見る。課長もわたしとおなじ星の人間である。慌てられると慌ててしまう。おっ、なんだ、えっと言いながら受話器をうまくつかみ損ねてあわあわと耳にあてがう。

「何かございましたか。えっ、窓の外ですか！　ちょっとお待ちくださいね」

課長は受話器に耳を当てたまま立ち上がって窓のほうを振り向き、ブラインドをかき分けてきょろきょろしている。みんなの腰が少し上がる。火事ですかねえ。火事ぃ？

「どの辺ですか？　そちらの窓ってどちら向きでしたっけ、ああ、うーん……」

わたしたちは回転いすをちょっとずつ寄せてこそこそ推理しあう。きっと火事だよ。乾燥してますもんね。近いのかな。でも課長ちょっと笑ってません？　ほんとだ。なんでだろう。

「あっ！　あー本当だ、見えます見えます、ええ、ええ……」

課長がうれしそうな声を上げている。何だ。ここから見えるのか。ついに立ち上がってみんなが窓へ向かう。救急車の音とかします？　しないっすね。課長は向かいのビルの上のほうを見ながら相槌を打ちつつ頷いている。わたしたちは必死にブラインドを指でかき分ける。

「で、ご用件は。えっ、それだけですか！　あっはっは、はい、ああ、それは残念ですねえ。あはは、はい、わかりました、ではまた」

おだやかに電話を切った課長は深く息を吸って発表した。

「虹だそうです、二重の虹」

「虹……」

思わず口元に手がいく。そんな。そんなロマンチックな内線があっていいのだろうか。

「それだけですか」

「それだけでした。電話を掛けるあたりは、完璧にくっきり出ていたんだそうです」

一刻も早く教えたかったんだろうなあ、と課長が席に座る。「虹がきれいだから見て」なんて恋人じゃないんだから、とひとりが言い、みんなで笑う。でも、言われてみると二重の虹って珍しいですよね。たしかに。わたしたちは再びブラインドに指を差し込む。見える？　見えないです。あ、あれですか？

指差された方向に両端の切れた虹の曲線があった。一本目の虹はよく見えたが、二本目の虹は一本目の上にあってより短い。まあ、言われればそうとも言えるような、頭を打った人が朦朧としながら見る景色のようなまぼろしっぽい虹。秋の高い空にぽやあ、と浮かぶシュールな虹だった。今頃電話の主が「違うんだよ、もっとくっきりしていたのになあ」と椅子の背に深く凭《もた》れているのを想像していとおしく思う。これ、くっきり見えたらきれいだったでしょうね。にやにやしながら各々席へ戻る。座ってからしばらくは（虹かあ）とみんなが心の中で思っているのがわかった。調べてみると、二重の虹は幸福の前兆だという。

瞳さん

わたしは身長が低い。百五十センチない。初対面の人に「もっと、どっしりした感じだと思ってました」とよく言われる。強気なことばかり言っているから体も大きいと思われているらしい。

身長が高い人と会うとどうしても身長の話になる。瞳さんはうちの会社で最も背が高い女性で百七十センチくらいある。色白で、長い黒髪でZARAが似合う。クールな彼女とお近づきになりたいと思っていた矢先、飲み会で隣の席になった。わたしたちのはじめての会話は「あの、身長何センチですか？」だった。大きすぎたり小さすぎたりするとどうしてもお互いに対して興味が湧く。それは敵対の意識ではない。XSとLの、五号と十三号の、二十二センチと二十六センチの、規格外の者同士の祈りのような傷の舐め合いである。セールではわりとサイズが残っていることが多い、とか、誰と会っても初対面の人にはまず身長のことを聞かれる、とか、パートナーの理想身長を聞かれてうんざりするとか、そういう話でひとしきり盛り上がった。

我々、小さすぎたり大きすぎたりしている者は、血筋のことをよく話す。両親も背が低いから・背が高いから、と言って、自分の力ではどうにもならなかったことを訴えたいのだ。瞳さんの家系は皆高身長なのだという。

「牛乳飲んだりよく寝たりはしましたけど、結局この家庭に生まれて高くならない方が不自然なんですよね」

「いいなあ、言ってみたいですよそんなこと、あ、どうぞどうぞ」

「おっ、すいません」

グラスに日本酒を注ぐ途中で瞳さんは「あ」と呟き、目を開いて意地悪な顔をした。

「でも、我が家はすごく性格が悪いんですよ」

「どうしてですか」

「うち、みんな高身長じゃないですか」

「はい」

「で、犬、飼ってるんですけど」

「はあ、犬を」

「脚の長さのバランスを取るために、コーギー飼ってるんですよ」

「バランス！」

思わず日本酒をこぼしそうになる。いっひっひ、ひどいでしょうと瞳さんが笑う。

「散歩すると、脚がまあ短くて短くて！」

ひどい！　ひどいでしょう！　とふたりで笑った。酔っているせいもあるかもしれないが、瞳さんがこんなに笑うのをはじめて見た。

「工藤さんも、ボルゾイとか飼えばいいんじゃないですか」

「バランスを取るために？」

「そう」

「だれが短足だ」

「あはは」

それからというもの、「コーギー元気ですか？」「相変わらず脚短いよ」が、わたしたちの挨拶がわりになっている。

謎の塚澤

「レインさん、うみがめのスープって知ってます？」

「知らない、まずそう」

「ゲームですよ、やります？」

「やる」

　二月。一日中氷点下の日だった。盛岡の冬の夜は雪がすこしだけ光るように見えて明るい。ようやくきたバスの車内で悴《かじか》んだ手をさすりながらわたしたちしかいないバスの端と端に座って大きめの声で話している。話している相手は塚澤。わたしの会社の仕事で彼を任期付のスタッフとして雇用したのだ。塚澤は二十六歳でつまりわたしより歳上だったが、本人曰く今まで「あーなんか適当にふらふらしてたっすね」ということで定職がなかった。塚澤は決まっていつも臙脂色のコートのようなものを羽織り、絶妙にぼさっとした髪と髭だったので、「塚澤さん」と呼んではいたがこころのなかでは（塚澤）と呼び捨てにしていた。ここの任期終わったらどうするんですか、と尋ねると「あーなんか北海道に友人がいるんで北海道行こうかな、涼しそうだし」と言う。ふらふらしているなどとにこやかに言ってくる人間とはあまり交わらないルートできてしまったので、塚澤のことをどう思えばいいのかわからなかった。塚澤の場合、美術や文学にも興味があるようだったし世界一周とか日本縦断とか言い出す感じでもなかったので毛嫌いすることもできなかった。同じ仕事をしていくなかでそれなりに仲間意識がどんどん増し、毎週水曜だけ駅まで一緒に帰っていた。はじめて一緒に駅まで帰った日、わたしの友人が解けないと送ってきた暗号の問題をふたりで解いた。するとお互いこういう謎解きの類が好きだとわかり、毎週水曜は帰路で謎を出し合うことにした。駅までに解けない日はその後メッセンジャーでチャットをしてまでたのしんだ。こんなに仲良くなるつもりじゃなかったんだけどな、と毎回ちょっと思った。

「うみがめのスープって、一時期ちょっと流行ったのに知らないんだ」

「知らない」

へらへらする塚澤に対して敬ってたまるかというきもちが湧き起こり、わたしはいつもため口だった。

「水平思考ゲームって、答えからなぜそうなったのか質問を重ねて推理していくってゲームな訳。レインさんはまあ物語とかも書くから得意な人なんじゃないかな」

そういうことを言われるとちょっとやる気になってしまう。

「ある男が、とある海の見えるレストランでうみがめのスープを注文しました。しかし、男は一口飲んでシェフを呼び『すみません、これは本当にうみがめのスープですか？』と訊き、そうだと言われると、勘定をすませて帰宅し、自殺しました。どうしてでしょう」

「心理テスト？」

「違いますよ。はい、質問してみてください」

「海の見えるレストランは関係ありますか」

「いいえ」

「スープは関係ありますか」

「はい、とても」

「スープは、しょっぱいですか？」

「それは全然答えと関係ないけど、多分しょっぱかったんじゃないですかね」

質問が増えていく。駅に近づいても答えにたどり着けない。わかんないよ！　と半分怒りながらまた帰りの電車に乗った。

謎を出しているうちにいくつもの水曜日は過ぎ、塚澤の任期はあっという間に終わった。塚澤はほんとうに北海道へ行くのだと言う。有言実行というかなんというか、わたしにはできないことだと思った。

一年後、塚澤から突然メッセージが来た。「北海道のホテルで働いてたんだけど、いろんなハラスメントの寄せ集めみたいな環境で面白かった。で、今度から東京に住んで日本中で相合傘をするための会社に入ることになりました」「は」「ふらふらしてる甲斐があった」塚澤がへらへら笑うのが見えるようだった。日本中で相合傘を。よくわからないが、よくわからない方法で塚澤はきっとこれからもうまくやっていくのだろう。

「髭、ちゃんと剃ったほうがいいですよ」「え、髭？」え、髭？　じゃねえよ、と思う。剃るかかっこよく伸ばすかしてくださいね。よかったじゃないですか、わたしは相変わらず盛岡でせっせと働いてますよ。と打って、文字通りせっせと音が出そうなくらい働いているなあと思う。涼しそうだし、という理由だけで北海道に行ってしまえる塚澤がすこし羨ましい。

うみがめのスープは結局降参した。答えを聞き、ひとしきり「はあ？　わかるわけないじゃん」と悪態をついていると塚澤はわたしをせせら笑った。

「レインさん考えすぎで答えとぜんぜん違うストーリー作っちゃうんだもん」

「知らないよ、思ったこと聞いただけなのに」

「じゃあ、どうしてスープがしょっぱかったか聞いたんすか。全然関係なかったのに」

「たくさん泣いてしょっぱくなったのかと思ったの」

「へえ、レインさんの涙って、しょっぱいんですね」

この会話を、何度か思い出す自分がいる。涙はしょっぱいに決まってるじゃん。へんなの。へんなひと。

暗号のスズキくん

　塚澤に謎を出したり出されたりしていたら高校のときのことを思い出した。ひょんなことから、ほとんど話したことのなかった同級生のスズキくんとガラケーのメールで自作の暗号を披露しあっていた時期があった。どうして暗号を見せ合うことになったのか全然思い出せないし、さらには正直スズキくんの名前がなんだったかも思い出せないのだが、確かにわたしは暗号が好きだった。小学校の頃からなぞなぞ大全集とかマジックの本とかそういうものに興奮するたちだった。暗号は基本的にアルファベットや日本語の基準となる並びを何かに置き換えるものが多い。「りんご」から「science」「カンゴウボウエキ」など、徐々にわたしたちの暗号の答えは長く、難しくなっていった。わたしの暗号の作り方は基本的に小学生のときに覚えた三パターンしかなかったが、スズキくんのほうは驚くほどバリエーションが豊かだったので次第にスズキくんの問題をわたしがただ解くというやりとりになっていった。そうなってくると飽きるのだった。飽きるしなんかうざいと思った。わたしが出せないような暗号を「ちょっとむずかしかったかな」などと言われるのがとにかくむかついた。のりのりでやっていたはずなのに、いつしかわたしの「ヒントくれ！」という好奇心は減り、送ってきた五分後には「降参」と答えをせびり、答えを聞いても解法を検証したりしなくなった。たぶん「りんご」からここまで飽きてしまうのは二週間くらいだったと思う。ある日、

〈Re:Re:Re:Re:Re: 最終問題〉

が来て、おっと。と声が出た。あまりにわたしがつまらなそうにしているのを察してスズキくんも終わりにしようとしてくれたんだろうか。ありがたいが、ちょっと申し訳ないきもちになる。開くと、いつも以上に難問だった。

「解けないと思うけど、今回は答えは教えません」

と書いてあった。むかついた。わたしがつまらなそうだから、スズキくんもムッとしたのだとわかった。何が何でも解いてやると思った。

暗号自体のつくりはとても単純なように見えた。暗記しておけるほど簡単な数字と直線でできた記号で構成されていたのだが、どうやらひとつのとっかかりが突破でき

ないとどうやっても答えにたどり着けない。調べても同じような例はなく、二日間考え抜いたがついに匙を投げた。その間スズキくんからは一度だけ「ヒントほしい？」と来ていたが、むかついていたので無視した。結局、最終問題をわたしは無視したかたちになった。スズキくんからは本当に答えが送られてこなかった。クラスも離れていたので学校内ですれ違うこともそうそうなく、わたしは答えを知らないまま高校を卒業し、その暗号のこともずいぶん忘れていた。

塚澤と解いた暗号の重要な鍵を握るものが二進数だったことがあった。わたしは二進数のことがひとつもわからなかったので、解けたあともなにか釈然とせず文句を垂れていた。それで、あっ！　とスズキくんからの暗号を思い出したのだ。不思議なもので、暗号を交換するまでの経緯もスズキくんの名前も顔もちゃんと思い出せないのに暗号そのものは覚えていた。二進数だったのか？　とピンときた。わたしは文系クラスの落ちこぼれで、スズキくんは確か理系クラスのトップだった。

0、1、てことは、おお、解けた。そこからあいうえお順とローマ字に当てはめて、一文字ずつ。ええと、あかさたな、さ、さしす、す……

「うわーっ！」

五年越しに暗号を解いたわたしはでかい声で叫んだ。そうして机に突っ伏し、からだをゆすったりねじったり、髪の毛をかきむしったり、膝をつねったりした。

スズキくんのばかめ。スズキくんのロマンチストめ。スズキくん、あのときは、ごめん。暗号の答えは「スキダ」であった。

物理教師

　その教師は、高校に入学したてのわたしたちに初回の授業で淡々と言った。

「いいですか。僕のことを先生と呼ばないでください」

　説教をされているような妙な空気が漂う。その教師は猫背で色黒で少し色の入った眼鏡をかけていて、少し早口で、オタクのようでありヤクザのようであり、あまり教師には見えなかった。彼は物理を教えると言った。

「君たちは校内で先生と呼ぶと、校外で出くわしたときも僕のことを先生と呼ぶ。僕はプライベートでまで先生である必要はない。ゲームも買いにくくなるでしょう。知らない人が大勢いる中で『先生！』とでも呼んでみなさい、あら、この人は何かの先生なんだわ、こんなにオタクっぽいのになんの先生かしらって、思うでしょうが。こんなにきもちの悪い人が教えているのね、どこの先生かしらって。そんなの絶対に嫌なわけですよ。学校にも、あら、おたくの学校はこんなゲームを買う先生がいらして、とか、言われるわけでしょ、無理無理、迷惑迷惑」

やべえ先生じゃん、と教室内が湧いた。卒業したからこそプライベートまで教師でいなければいけない教師という仕事の大変さに思いを馳せることができるが、その時は、なんてめちゃくちゃなことを言う先生だろうと思った。

「だからいいですか、みなさん。僕のことを絶対に先生と呼ばないでください。僕のことは、こうです」

彼は丸まった背中でカツカツと黒板に字を書いた。


〝名人〟


「僕のことはどこで会っても〝名人〟と呼んでください」

やば。マジ？　教室がざわめく。この学校ってこんなやばい先生いんの？　名人って何、ウケんだけど。皆思い思いにそわそわしていたが、教壇に立つ彼の「なんちゃって！」と言いだしそうな雰囲気もないまっすぐな瞳に気がつき自然と静かになる。

「ショッピングモールで会うとするでしょう。君たちは僕を見つけて思わず大きな声でこう言う。『あっ、名人！』すると周りのみんなが気にする。今名人って言ったけどなんの名人かしら、何かを極めているのね、どうりで個性的な見た目、素敵ねと。僕は、名人と呼ばれたい！　名人と呼ばなかった人は減点します」

そこではじめて彼はいたずらに笑った。減点だなんてあんまりだが、その提案はおもしろい。みんなが彼を名人、名人、と呼びはじめ、すっかり定着するまではあっという間のことだった。先生と呼ぶよりも名人のほうが確かにしっくりくるような気がした。彼の噺家のようなノンストップの授業は圧倒的なファンをつくり、わたしの圧倒的な睡眠を誘った。名人は生徒から人気を博したまま授業を淡々と進め、卒業式では一切泣かなかった。わたしの母校を転勤で去ってからは転勤先の学校でも生徒に名人と呼ばせているらしかった。他校にいる人と「名人ってさ」と彼について話すとき、同じ修行を共にした仲間のような錯覚に陥ってお互い笑うのだった。

八年後、ショッピングモールを母と歩いていると見覚えのある男性とすれ違った。このもぐらのような佇まい、ああ！　振り返って自然と声が出た。

「名人！」

咄嗟だった。もはやわたしは彼の名前を〝名人〟としか思い出せなかった。名人は五歩ほど歩いてから立ち止まり、こちらを振り返ることなく後ろ手にこっそり親指をgoodの形にしてみせた。名人……と、思った。

回転寿司に来るたびに

それはライオンが子を崖から落とすような、両親から与えられた試練だった。ある日を境に両親は回転寿司に出かけてもわたしの食べたいものを一緒に注文してくれなくなった。「ねぎとろ……」「ほたて……」とぼそぼそ呟いていても「自分で頼みなさい」と言われるようになったのだ。七歳のわたしにとって、回転している寿司の奥にいるおじさんを「すみません！　ねぎとろひとつ！」と呼びとめるのは、想像を二倍も三倍も上回るほど緊張するものだった。お寿司を握るおじさんたちは常にこちらを向いているとは限らないし、話しかけようと息を吸ったタイミングで隣のテーブルがものすごい量の注文をしたりする。「すみません」とおそるおそる声に出しても、声が小さくてまったく無視されてしまう。これがいちばん恥ずかしくてしんどかった。大縄跳びの輪に入れず泣き出すときのような自分のふがいなさと、それにしたって無茶だよと責めたくなるようなごちゃまぜのきもちで、しまいにはもう回っているものだけ食べる、と拗ねて、家に帰ってもずっと拗ねていたりした。何度か行くうちに、おじさんと目があった瞬間に大きな声で「あっ」と言えば、おじさんが「ご注文ですか？」と言ってくれるという攻略法を編み出して、母の分も一緒に注文できるようになってきた。「さび抜きにしますか？」と言われるたびにばかにされたような気がして「いいえ！」とはっきり答えられるようになったころにはわたしは小学校を卒業する年齢になっていた。

三つ下の弟も同様の試練を受けた。話しかけよう、あっだめだ、でも、うう、むむ……と徐々にテンションが下がり泣き出しそうになる弟の表情を見ながら「勇気を出して大きい声で言えばだいじょうぶ！」などと先輩面をした。弟は唇をむっとしながらおろおろおじさんの様子を窺ったり、もう回っているところから取りたいが好物がない……と躊躇したりして、しばらくお寿司を食べられずにいた。見かねた父が「でかい声だせ」とすごんでから「すみません！」と、おじさんを呼ぶところまでやって、目線で（お前が頼め）と弟を見た。わたしは心配で胃が縮む思いがした。弟は大きく息を吸い、「あのーっ！」と向こう側の席まで聞こえるほど大きな声で言った。

「あ！　甘えびの、甘抜きひとつ！」

甘抜き。両親が腹を抱えて笑う。男児の注文を聞いていたまわりのテーブルのお客さんたちもそのあまりにかわいい言い間違いに吹き出している。

「甘抜きは、できないなあ」

おじさんは困ったように笑いながら、後ろのおじさんに「甘えびさび抜きで、おいしいやつ一丁！」と声を掛けた。弟は自分の間違いに気が付いて真っ赤になって頭を抱えた。

回転寿司で甘えびがまわってくるたびに思い出す。弟ももう、二十歳を過ぎた。

雪はおいしい

雪はおいしい。

小学校一年生のとき、学校までの四キロを比較的家の近い男の子ふたりと歩いて通っていた。当時、合併していなかったからここは村だった。広大な学区のなかでも田んぼと墓とパチンコしかない開拓地に点々と住んでいた我々は、入学してからずっと三人で通学していた。村に歩道はあってないようなもので、車道の白線ぎりぎりを縦一列に並びながら、春はたんぽぽを、夏ははこべらを、秋は露草を踏みしめながら通学していた。

ぼた雪の降る様子を「もっつもっつ」とあらわす方言があるので岩手に住んでいてよかった。一度もっつもっつの雪を見たら、もうそうとしか言えなくなる。オノマトぺが降るのである。岩手は、雪がもっつもっつと降り、ご飯をむったむったと食べる県だ。

もっつもっつと雪が降る朝、わたしたちは手袋を脱いだ。家を出る前に、しもやけになるから失くさないようにしなさいと強く言われていたその手袋を。わたしたちは雪のもわっとしたところに手を差し込んで、掬い上げた雪を、食べた。今思い出してもあれはふざけてなんかいなかった。とても神聖なきもちで雪に触れ、触れた雪を夢中でむしゃむしゃ食べていた。雪はおいしかった。野球部の食べる白米のように雪にかぶりついた。ばかだ。今になって頭を抱える。それでも小学生はいつだってまじめである。

田んぼに積もる雪は土の味がした。砂利に積もる雪はどこか化学的な味がしてよくなくて、生垣の上に積もる雪がいちばんクリアでおいしかった。わたしたちはつららも食べた。つららはトタン屋根のほうが立派に育つが、トタン屋根のつららは鉄っぽくてまずかった。あたらしい自転車置き場の屋根にできるつららが、細くて嚙み砕きやすくて味もクセがなくてよかった。雨から雪に変わった日の雪は、ほこりっぽくてあんまりおいしくない。方言通り、もっつもっつ降った日の雪がいちばんおいしい。

降りたてはもちろんみずみずしく歯ごたえもふわっとしているが、一晩経ってややしっとりとした雪のほうが、わたしはジューシーで好きだった。

車通りの多い場所の雪は、薄汚れていて食べられなかった。学校までのスタート地点である我々の家、つまり田舎のほうが新鮮でおいしい雪が多かったので、ひと口食べて、いいぞ！　と思った雪は多めにとっておにぎりのように握って、残りの通学路を持ち歩きながら食べた。わたしは、それはなんだかさすがに恥ずかしいような気がしたので、小さな丸をふたつ作って雪だるまとして持ち歩いた。雪だるまに見せかけながらその後頭部をしたたかに食べ進めた。雪だるまだからセーフ、と思っていた。食べ飽きた者から随時、道の途中に捨てた。

雪が降ったらかき氷シロップをかけて食べるなんてイメージは、都会の子供のものである。都心のたった数センチの積雪に大騒ぎするニュースを見るたびに思う。きみ、雪、食べたことあるか。空に向かって口を開けるなんてロマンチックなものじゃない。わたしたちはあのいくつもの冬の朝、雪の握り飯を貪っていた。手を真っ赤にして、鼻水をピロピロさせて。わたしたちはソムリエだった。雪の、つららの、大地の、ソムリエだった。だからみなさん、もしそういうおばかな子供を目にしたら、ばっちい！ と叫んで叱らずに「おいしい？」と聞いてみてほしい。雪は、おいしい。

良い雪が降る日、わたしたちは決まって三人揃って遅刻ぎりぎりに学校に着いた。それをまゆみ先生はにこにことして叱らなかった。なぜって、雪の降る朝は各々雪に気を取られながら登校するせいで、みんな決まって遅刻ぎりぎりだったからだ。手とほっぺを真っ赤にして、目を輝かせていた。

ここまで書いて上司たちとお酒を飲んだ帰り道、生垣の上にちょうど良さそうな雪が積もっていたので、つい、おっ！ と思い、素手で掬ってせっせと三角おにぎりにした。

「おいおい、勘弁してくれ、俺に投げるんじゃないだろな」

と笑われたけれど、部長。わたしはこれを食べちゃうんですよ。「いひ」とちいさく声が漏れる。こんなにいたずらなきもちを抱えたまま大人になってしまって、社会に出てしまって、いいのかしら。

握った雪のおにぎりは食べずに捨てた。わたしはもう大人になったから。

一千万円分の不幸

あれは十四時半まえだった。高校三年生。受験期の夏の教室のホワイトボードには、〝センターまでのこり〟と書いてあり、その先の数字の部分が掠れていた。のこり三百六十五日から始まって毎日更新されていたはずのカウントダウンは日に日に書き換えられなくなっていき、週のはじめにだけ担任が更新していた。〝センターまでのこり〟と、みんなこころの片隅で常に思っているが、だるいふりをしながらそわそわしていた。受験期はよくも一年間そわそわし続けられたと思う。お互いのこころの底を探りあうような、妙な空間だった。真面目になったら負けのような気がしたし、真面目にならないと終わりのような気がした。

その日は午後のうち二つの授業が自習だった。模試の自己採点と解きなおしに充てるための時間。開け放たれた窓からは、ちょうど涼しい風がたっぷり入ってきた。左右の裾を結ばれたカーテンが風のかたちに膨らんでゆったりと舞い上がる。工藤、工藤。と菊池が小声でわたしを呼ぶ。なに。見てあれ。カーテン？　うん、超おっぱい。ばーか。菊池はアメリカンコメディのように肩をすくめておどけた顔をした。やれやれとシャープペンシルを握りなおすとまた風が吹いた。ゆん、と、二枚を結ばれたカーテンが膨らむ。確かに、そう言われると薄橙のカーテンがちょうどグラビアアイドルの水着のように見える。風にも肉体があるのかもしれないな、と思い、慌てて生徒手帳に挟んでいたちいさなライフの手帳を取り出し、「風の肉体」とメモする。

わたしは文芸部に入部して俳句と短歌と詩と小説と随筆と児童文学を書いていた。文芸部の先輩は、週に二度しかないから楽だと思っていたその部活の後輩たちに「文芸部は二十四時間部活です」と言った。その言葉通り、わたしはただでさえついていくことができない授業の最中、メモに思い浮かぶ限りの言葉を書き連ねていた。文芸コンクールではたくさん入賞し、勉強の成績はついに学年で下から二番目になった。勉強に集中しなければならないときほどネタになるようなことをたくさん思いついて困る。時には登校したふりをして、学校の近くの川沿いのベンチで短歌を作り、とにかく学業よりも文芸部のために登校していた。そういうわたしをいちばんよく見ていた顧問であり担任の由美子ちゃんは、推薦入試である大学の文学部に入る道を提案してくれた。サンキュー、安泰。と思った。どうにか県内で進学率の高い高校に入学できて、成績は悪いけれど、部活の功績でよい大学に入ることができる。文学部に入ったら司書になるかもしれないし、学芸員になるかもしれないし、国語教諭になるかもしれない。作文を書くのが得意だ、俳句をやっている、と言うと、大人たちからは期待のまなざしで「それじゃあ玲音ちゃんは文学部に行って国語の先生になるんだね」と言われた。まったく疑うことなく、きっとわたしはそうなるのがあたりまえなのか、それならそうなろう。と思っていた。ひどく緊張した推薦入試の一次試験は驚くほどあっさり通った。面接官の教授には「春からもたくさん作品を書いて活躍してください」とまで言われた。その合格を掛けた二次面接は明日だった。

カーテンが何度も揺れる。アスファルトのにおいと、女子の制汗剤のにおい。必死に鳴く蟬の声と木々が揺れる音が遠くに聞こえてきもちがいい。顔を上げると誰ひとり窓の外を眺めることなく黙々と勉強している。なんか、悪いなあ。わたしだけこんな簡単に受験が終わって。自己採点の不正解に懸命に付箋を貼っている友人を見ると申し訳ない気分になる。明日、何時だっけな。机の中から書類を出そうと手を差し入れた瞬間、今度はさっきよりも強い風が吹いた。あれ。唐突に青ざめた。背筋を駆け上がるような寒気に襲われて、目を開いたまま呼吸をとめた。わたしはとんでもない予感に打たれた。

(そういえばきょう、何日?)

心臓が鷲摑みにされるように痛んで、自分の心音が自分の耳から聞こえた。息が浅くなる。目をぎゅっと閉じて、開いて、嘔吐しそうな感覚は口に手を当てて対処した。

(きょう、何日? じゃあ、受験日は?)

目の前がちかちかした。もう、わかっていた。震える手で取りだしたうす緑色の書類の表紙には、受験日のところにきょうの日付が記してあった。十三時集合、十三時半試験開始。今、十四時二十分。

「先生」

と、大きな声で言って立ち上がり、教壇で採点作業をしていた由美子ちゃんのところへまっすぐに歩いた。突然の行動にクラス全員の視線を浴びたことを覚えている。

由美子ちゃんの、何も言わなくても察したときのその表情を忘れられない。「大変お気の毒ですが時間厳守ですので」とその大学の担当者は電話口で申し訳なさそうに、けれど少し呆れたように言った。わたしの入試は終わった。

仕事を早退して灰色のわたしを引き取りに来た母に、由美子ちゃんは聞いていられないくらい何度も、涙声で「わたしがきちんと把握していなかったせいで」と謝罪した。「それは我が家だって同じです、こんなに良いチャンスを作ってくださったのは先生なのに」と、母は謝罪しかえした。推薦入試を受ける生徒は日程管理や面接の練習も原則自身で行っていた。なにより由美子ちゃんに報告するのにも、家のカレンダーに印をつけるのにも、間違った日程で伝えていたのはわたし自身だった。わたしのこんなしょうもないミスで大人が土下座をする勢いで謝罪をしている。頭の中でいろんな言葉がぐるぐる回って、思考だけが螺旋状に上昇しながらわたしの肉体を離れていくような心地がした。母は謝らないといけないのはこちらだから、と自宅への謝罪訪問の申し入れも頑なに断った。結局、後日両親と由美子ちゃんと学年主任と副校長、という地獄のような六者面談が約束されてそのまま早退することになった。

「人生なんてね、そんなもんですよ」

と母は帰宅する車を運転しながら言った。わたしは鞄を抱きしめるようにしながら助手席に座って否定でも肯定でもないか細い声を出した。「おなか空かない?」「ん」「お寿司でも買って帰ろうか」「ん」文学部に入って誰よりも喜ぶのは母だったはずだ。こんなしょうもないミス、普段ならもっと叱られるはずだった。母の妙なやさしさと普段よりもわざと大雑把なふるまいは、わたしの叫びだしたくなるほどの罪悪感を加速させた。

おなかは空いていない、と言ったのに母は百貨店に車を停めた。ふらふらと着いていくと、そこは宝くじ売り場だった。

「滅多にない不幸が起きたんだから、その分滅多にない額が当たる気がする」

と、母は意気込んだ。なんだそれ。笑ってみたがぎこちない表情になってしまう。言われるがままスクラッチを三枚買った。削り始めるわたしに「一等の一千万円だったらどうするう?」と母が笑う。引きつり笑いをしながら削り進めると、当たった。三千円だった。

「なんだ、そんなもんか。てことはこの後の人生でもっと、一千万円分の滅多にない不幸が来るよお」

母は、にひひ、と笑った。縁起でもないことを言うんじゃねえ、と泣き出しそうになりながら、架空の巨大な不幸が今の不幸をすこし軽くしてくれたことに驚いた。

結局文学部には進学しなかったし、司書にも学芸員にも国語教諭にもならなかった。ならなかったし、今思うと、なりたいわけでもなかった。あのミスはありえない、と今でも思うが、その後に選択した人生に今はまったく後悔をしていない。仕事もたのしいし、何より、ひょんなことからこうして随筆を書く機会に恵まれているのは日付を間違えたおかげだ。由美子ちゃんとは卒業後たまに食事をしに行くが、そのたびにこの日の話をして、あの時の、青ざめた、顔！　などと言って笑っている。母校のありえない伝説として受験生に語り継がれているらしい。つらい経験の何もかもが最終的には笑い話になってしまう。つくづくわたしの人生は、行ったり来たり交差をしたりしながらも、どの線を選んでも全部当たりのあみだくじだと思う。アスファルトのにおいのする夏の風に吹かれるといつもあの日の自習の教室のことを思い出す。

今でも仕事で落ち込む出来事があるとスクラッチを買う。大概外れるか、当たってもスクラッチを買ったのと同じ金額で儲けることはない。そのたびに、まだか。と思う自分がいる。まだか、わたしの一千万円分の不幸は。かかってこい、一千万円分の不幸。

八月の昼餉

お昼にちょっといい素麺を五束茹でて両親と三人で食べた。薬味は茗荷、小葱、生姜、それから、庭でとれた夏野菜で常備している「だし」。やっぱり高い素麺はのどごしが全然ちがうねえ、と言いながらみるみる食べ進めていると、母の手がぴたっと止まった。

「啜り疲れた」

と、母は言った。「なんだそれ」「啜り疲れたんだってば」「あはは、なんだそれ」「え、あるでしょうよ、啜り疲れ」「ないよ」父は何も言わずに笑っている。それだけの、どうってことない八月の、おそらくこれはかけがえのない昼餉。

イナダ

そもそも土管がある公園がほんとうにあるなんて思わなかった。

わたしの住んでいた学生マンションの裏にはささやかな公園があり、その公園にはジャングルジムと埋まったタイヤと低い鉄棒と土管があって、土管の遊び方だけが全くわからなかった。

イナダと出会ったのは、大学に入って一週間ほど経った日の、美術系のボランティアサークルの新入生歓迎会だった。わたしは盛岡から仙台に来たということだけで精一杯で、それなのに「ぜったいにダサいコミュニティに属したくない」という自意識にも溺れていた。仲良くする人のことはよく選ぼうと思ってとても警戒していた。その日、隣の席に座ったぽっちゃりした男は自己紹介で「おまんじゅうって呼んでください」と言ってひと笑いとった。ユーモアのあるやつだな、と好感を抱いたらそのおまんじゅうと帰りのバスが一緒で、向かいのマンションのわたしのちょうど向かいの窓の部屋に住んでいることが発覚した。彼は沿岸の町から来てひとり暮らししていること、ほんとうはイナダと呼ばれていることを教えてくれた。

ある日、チャイムがなって玄関を開けるとイナダがいた。牛乳が大さじ三だけ必要なので分けてくれないか、と言う。買えよ。と思いつつ招き入れると、目つきを変えてイナダは言った。

「二の腕を折って治すと二十万円貰えるらしいんだけど、やらない?」

咄嗟に女子大生が殺される様々なニュースが思い起こされてわたしは真っ青になった。とんでもない奴が近くに住んでいるのではないか。

「で、でてけ」

振り絞って言うとイナダは爆笑した。こういう趣味の悪いジョークが好きなのだという。彼は小説を書くのが好きで、世界史や宗教や哲学やクラシック音楽が好きだった。わたしは俳句や短歌をするのだと伝えると、なんとなく意気投合して彼の部屋で一緒にキューブリックの映画を観ることになった。あんなに自由な学生生活だったのに、わたしは息苦しさを抱えていた。窮屈なところにいると思いたかったし、自分のことを憂えたかった。気の合う部分として、わたしたちは身の丈に合わずロマンチストだった。キューブリックを観た日、彼は趣味のカクテルを作ってくれた（なぜなら、ロマンチストは凝り性だから）。イナダの作ったギムレットは笑ってしまうほどおいしかった。帰り際、セックスでもしますか？　と言われた。そういうジョークだった。するわけねーだろ、と笑った。二時だった。

夏の夜は、マンションの裏にある土管に集合して、コンビニで買ったお酒やケーキをその上に並べてひたすら喋った。土管の曲線は非常に腰掛けにくく、物を置くにも不便だった。その夜、イナダは魔法陣と大島てるのことを教えてくれた。お互いの恋人の話をして、宇宙人の話をして、お互いが今書いているものの話をした。雪が降るまで、退屈な夜が重なる日は、土管で集まるかイナダの部屋で映画を観るかした。「セックスでもしますか」というのが、「そろそろ帰りますか」という意味のジョークになっていた。しねーよ、と言って帰った。最後の夜は、彼の家を出た途端、雪が降り始めた。

「本を出して売れてよ、そしたらきみのひどい噂を週刊誌にリークして大金を貰うからさ」と、イナダは言った。ひどい噂をリークされる前にわたしは実家に戻ることになった。ジョージ・オーウェルの『一九八四年』を貸してくれたのだけれど、しばらく借りていたくせにろくに読まずに返した。引越しの日、ふとベランダを見るとイナダが向かいの窓でたばこを吸っていた。じゃーな。という感じで手を振ると、ひら、とだけ振り返されて、それでおしまいになった。

土管を見るとイナダとその奇妙な夜のことを少し思い出す。結局、土管の遊び方のことはよくわからない。

不要な金属

大学四年の、もうじき秋になろうという夏のことだった。ＬＩＮＥでさちえからタイの国旗の絵文字が送られてきた。これはわたしたちの間では「タイ料理を食べたい」と言う意味である。わたしも。同じくタイの国旗を送り返す。「やった」「何時」「じゃあ四限終わりに」「早くタイされたい」「タイしてるよ」愛をタイに置き換えるのもわたしたちのきまりだった。ひひ、と声に出して笑い、急いで支度をして買い物に出かける。

さちえはわたしの隣の学科で建築やデザインを学んでいて、音楽の趣味がまあまあ合うのでたまにフェスに行ったり、思いっきりタイ料理を食べたいときに集合したりしていた。はじめてさちえに連れられて行ったフェスでその解放感に完全に蕩《とろ》けてしまい、苦手だったはずのパクチーがたっぷりのったトムヤムクンヌードルを食べたらこれがびっくりするほどしっくりきた。それ以来こうしてタイされたいときにタイし合う。妙に居心地のいい関係だった。

ちょうどその日はアルバイトもなく四時からすっかり時間が空いていたので、うちでタイ料理もどきを作って食べることにした。学生マンションのすぐ近くにあるスーパーはわりと多国籍料理の調味料を取り揃えている面白いところだったので、タイカレーの缶詰とライスペーパーとトムヤムクンキットと大きな鶏肉などを買った。

チャイムが鳴り玄関を開けるとさちえは大きく深呼吸をして、もう食べた人みたいにうっとりとおいしそうな顔をした。「はあ、タイだ」ようこそ、と笑う。

レッドカレー、カオマンガイ風鶏ごはん、カシューナッツとねぎをバターと唐辛子で炒めたの、トムヤムクンスープ。すべてちょうど良いタイミングで出来立てを机にのせる。そのすべてにわーい、と喜んでくれるのでさちえにご飯を振る舞うのは幸せだった。五分前くらいから冷凍庫で冷やしていたコロナの瓶を出し、切ったライムを刺そうとして気が付いた。栓抜き、壊れてたんだった!

さちえはすぐさま「待ってな」と言って〈瓶のふた　栓抜き　ない〉と検索している。コンビニまで歩けば五分だが目の前のタイ料理はもうほかほかなのだ。どうにかしてなるべく楽に開けたい。この何とかなるさ精神がさちえとわたしは似ている。

スプーンをてこの原理にするのも、底をガンと叩く方法も、ライターでひっかけるのも、机のへリで、も、なんだかうまくいかなかった。王冠のひだがほんの少しめくれたり、プシと怪しい音がしたりはするが、決定的にいけると思えるようなものではない。もうちょっと本気で力を出せば破壊に近い形で開けることもできただろうが、わたしたちはなるべくきれいに楽に開けたいのだった。オリャ！　とかフンヌ！　とか言いながら、うまくいかないたびわたしたちはへらへら笑った。この、うまくいかないときにへらへらするところもさちえとわたしは似ている。

「あとは、ええと『不要な金属』を差し込み……れいん、なんか不要な金属ない？　要らない鍵とかって書いてあるけど」

脳みその奥で一瞬だけ光る鍵の存在があった。要らない鍵、なくはない。化粧台の少し奥の引き出しにしまった別れた彼氏の家の合い鍵。あ、返しそびれた。と気が付いたころには別れてから三カ月も経っており、処分するにも捨て方が、とか言って検索することもなく、とにかく見て見ぬふりをして完全にないものとして考えていた鍵。あるっちゃ、ある。引き出しから取り出して差し出すと、さちえは握ったまま鍵の表と裏のぎざぎざをよく見た。

「使っていいっすか」

「うん、いいと思う」

「よっ」

手をかけて、ぐい、と力を込めるとプシシと瓶は大人しく鳴いて割とあっさり開いた。「いえーい」とさちえは言って、コツを得たのかもう一本も軽々と開けた。「このギザギザんとこがいいのかも」「そうかもね」「じゃあ改めて」「っす」ライムを刺したコロナで乾杯をした。随分汗をかいてしまった瓶だったが、喉を通るビールの爽快感ったらなかった。うま。と言いながら、さちえはもりもりわたしの作った料理を食べてくれた。お互いの好きな曲を交互に流しながら、こういうのがさ、いつまでもしたいよね。と言いあった。

あらかた食べ終えて話し尽くすと、そろそろ帰るね、とさちえはお皿を重ねて片付けてくれた。手伝ってもらいながら食器を洗っていると「ごみ捨てとくよ」と背中からさちえの声がして、さんきゅ、と言った直後。キッ！　とガラスと金属がぶつかる音がした。驚いて振り返ると燃えないごみの袋の中でコロナの瓶と合い鍵がぶつかっていた。

「え、捨てた？」我ながら間抜けな声が出た。

「え、要るやつだった？」さちえはきょとんとして、それから燃えないごみ袋に手を入れようとする。

「あ、いいいい。それ捨てるやつ」言ってはじめてわかった。これ、捨てるやつだ。

かわいいよね

「かわいいよね」

カウンターにふたりで腰掛けてワインを飲んでいるとその男性は唐突に言った。そういうロマンチックなところはないと思っていた人だったので、わたしは慌てて「そうですか」と言ってしまった。何回かデートをしていれば覚悟もできるが、こんなに序盤でアプローチされるほど好意を持たれるようなことあっただろうか。思い当たる節がないのでそわそわする。自分の耳が赤くなっていくのがわかる。

「僕すっごい好きなんだよね。玲音さんもそうでしょ」

と、続いた。男性の目はわたしのつむじのすこし上を見ていた。目が合わせられないのにそういうこと言うんだ。あまりの直球さに完全に慄いてしまい言葉に詰まる。好きも何も、会ってまだ二回目で、ゆっくり話すのはこれがはじめてだろう。どうしたらいいのかわからなくて「きらいじゃないですけど」ともじもじ言うと、男性はわたしのつむじの上を見つめたまま言った。

「ほら、こういうの」

指差されたほうを振り返ると、わたしの後ろのテレビにドナウ川の映像が流れていた。

「川、いいよね。玲音さんは北上川も近いでしょう」

ばか。わたしのばか。わたしは咄嗟にオリーブの実をつまみ、種をがりがり噛んだ。

冬の夜のタクシー

ふられた。とても悔しい、大学四年の冬の夜だった。ともだちが飲みに誘い出してくれて、普段そんなに飲まないふたりでワインを一本空けた。家の近くまで帰れる最終バスの時間はとっくに過ぎていた。雪と雨が交互に降って外はぐちゃぐちゃだ。仙台は除雪がへったくそだな。悪口ばかりが浮かんだ。靴は既に濡れていて、濡れたところから靴ごと凍りそうなほど寒かった。歩いて四十分の道はどう見ても除雪が最悪だったのに、お金がなかったのでタクシーにも乗れなかった。金なし、才なし、恋、ちぇ、最低。自分のことがみじめで仕方がなかった。寒くて足の指先が固まったような感覚がした。なんどかんでも鼻水が止まらず、冷えた耳ももげそうだった。それでもむきになって歩いた。歩かないと帰れないし、みじめな自分にこの帰宅はお似合いだと思った。

球体の街路灯の明かりに照らされて、降る雪が紙吹雪のように見えた。人通りの少ないこの道を歩いて帰るとき後ろからだれか来たらどうしようといつも怖かったが、きょうは車すら通らなかった。ぐしゃぐしゃに歩くわたしを攫《さら》えるもんなら攫ってみろよ。

酔っぱらっているのか悴んで頭のねじが飛んだのか、みじめな次はなんだか笑えてきた。あまりにかっこわるい自分を笑うしかなかった。泥水のような雪と雨を蹴り飛ばしながらゆっくり歩いていた。なにやってんだろ、なにやってんだろ。冷えたつま先が痛みを通り越して痒《かゆ》い。

後ろから車が近づいてくる光を感じた。振り返るとタクシーが、みしゃみしゃみしゃみしゃと雪を踏みしめながらわたしに近づいてきた。

「乗ったほうがいいんじゃない」

窓が開いて話しかけられた。タクシードライバーは中年の女性だった。指出しの手袋、ベスト、ネクタイ、帽子。滅多に見ないくらいタクシードライバー然とした着こなしだった。乗りません、と言おうと思ったが家まであと3キロあった。タクシーの中から籠ったラジオの音がして、それがたまらなく暖かそうな車内を想像させた。来週我慢してロールパンだけ食べればいい、と言い聞かせておとなしく乗った。車内は膨張するように暖かく、すこしだけ花のような甘い香りがした。

「びっくりしたよ、こんな天気のなか女の子が歩いてんだもん」

タクシードライバーは、あぶないよまったく、と笑った。

「寒くなかった?」

「死ぬほど寒かったです」

「死んでまうよ」

タクシーには夜間の街に危険なひとや倒れている人がいないかどうかパトロールをする役割もある、というような話をされた。認知症で徘徊しているお年寄りや、具合の悪くなった妊婦を助けることもあるのだという。わたしはろくに相槌を打たず窓の外を見ていた。酔いが醒め、ふられたときのことを思い出していた。ともだちとワインを飲んでいるうちは、あのばか男、地獄行きだ、などと言っていたが、地獄行きなのは自分のほうだった。ばかだなあわたしは。虚しい。虚しいと思ったら涙が出ていた。かちかちに凍るほど冷たくなっていた頬に涙はとても温かかった。寒すぎるところから突然暖かいところに来たせいか顔の筋肉がうまく動かなくなってしまい、泣き止もうとしても全然うまくいかないのでひたすら涙を流しっぱなしにした。タクシードライバーは何も言わなかった。

「どのへん？」

指定した最寄りのローソンに着くとタクシードライバーはそう聞いてきた。

「ここでいいです」

「家、どこ」

「ここでいいですよ」

「いや、ローソンに住んどるんとちゃうやろ」

唐突に流暢な関西弁だった。

「道ぐしゃぐしゃやから家の真ん前まで送ったるわ言うてんねん。な、わかる？」

「はい……」

タクシードライバーはそこで運賃のメーターをストップさせてから、本当に家の目の前まで送ってくれた。

「なんかあったときほど、夜道はひとりで帰らんといて」

「はい。ありがとうございました、お会計、教え」

タクシードライバーの手元から、ピ、と音がした。見るとメーターの表示が0になっている。

「わたしも泣いてる女の子ひとりで帰らすような女じゃないんで」

「いや、でも」

「その分、いつか泣いてる女の子助けたって」

「そんなの、かっこよすぎるじゃないですか」

タクシードライバーはわたしの顔を見て吹き出した。降りた降りた！　と追い出されて、あっけにとられているうちにタクシーは行ってしまった。

ロマンスカーの思い出

ふられるために盛岡から東京の九段下へ行った。たったそれっぽちのLINEでわたしをふった気になるんじゃねえ、ビンタさせろ、と思ったのだった。夜行バスで行って早朝に着く。ふられる身支度をする化粧台を借りるために新宿から向ヶ丘遊園に行った。当時向ヶ丘遊園にはタムさんという年上の女ともだちとのどかという年下の女ともだちが同じ区域に住んでいて、ふたりともわたしがビンタしたいことをよく知っていた。タムさんとのどかにお互いの面識はなかったが、きっと気が合うだろうと思って早朝に三人で会う予定を取り付けた。今からふられにいく友人と、話したこともないその友人に早朝に会うだなんてへんな提案、タムさんものどかもよく了承してくれたと思う。

新宿に降りた途端、よーし、ふられるぞ。と思ったらくよくよしてしまった。いっちょふられますか！　と思って来たはずだったのに、やだよお、なんでだよお、とずるずるしはじめて、散歩を嫌がる犬を引きずる飼い主のような顔で小田急線のホームを通る。車両に乗り込むと早朝だからかお年寄りばかりがいた。乗りました、とふたりに連絡をする。新幹線のような座席に腰かけて、それからずっとふられるであろう言葉を予測していちばんかっこいい返し方のことばかり考えていた。電車は速かった。自分が東京に来たという実感もこれから本当にふられるのだという実感も追いついてこなかった。すぐに向ヶ丘遊園に着く。降りるときは座席の老夫婦たちとやたら目が合った。これからふられに行くための化粧をする女がそんなに哀れかよ、と思い早足で下車した。向ヶ丘遊園で降りたのはわたしひとりだけだった。

タムさんは「めっちゃ早かったね」と笑いながらすこしだるそうに、それでいてやさしくいつもどおりわたしを迎え入れてくれた。へんに寄り添いすぎず、顔色悪くない？　とだけは心配をしてくれて、感情的になりすぎずに済んでありがたかった。タムさんの家の鏡台を借りて化粧をしている最中、タムさんは「その引き出し開けるとぎらぎらのマニキュアあるけど、塗る？」と言ってくれた。あはは、塗らない。でも、そういう装備って大事だ。いくらでも武装をしたかった。「わたしが食べたいだけだけど、玲音ちゃん食べられそう？」と、タムさんはホットサンドを焼いてくれた。わたしはこのほんの一時期だけ拒食ぎみになっていたが、いいにおいに負けてひとつ貰った。誰かの作ってくれた朝ごはんってどうしてこうもおいしいんだろう。もひもひと食べながら合掌したくなった。

背筋や歯茎のうわつくような緊張の中、玄関をでたところにいたまるまる太った野良猫を撫で、マクドナルドの近くでのどかと合流した。初対面のタムさんとのどかは「おはよー」「はじめましてー」と言い合って笑っていた。ふられる緊張でハイになっているわたしを見守る、という大きな共通点があったからかふたりは初対面のはずなのに一瞬で姉妹のように仲良くなった。アイスコーヒーを買って多摩川の河川敷に三人で並んで座って飲み、あー、うー、どうしようとうわごとのように言いまくってはふたりに「だいじょぶっしょ」「だいじょぶですよ」と言ってもらうのを繰り返して、深呼吸を何度もして送り出してもらった。

彼氏との別れ話の場所として連れて行かれたのはなぜか九段下だった。結局歯切れ悪く食い下がることしかできず、食い下がったが駄目だった。たくさん泣きながら、なんでこいつは女と別れるとわかっている日に薄紫の丸眼鏡のサングラスをつけることができるのだろう、ＴＰＯがおしまい、ＴＰＯよ、ああ、ＴＰＯ、とそのことばかり思って「そのサングラス外してもらえますか」とついに言い、外してもらって、ふられた。ふられたのは武道館の「カフェ武道」だった。どうして武道館に連れて行かれたのか今でもよくわからない。武道館で解散、と思ったがださすぎてつらかった。別れることはわかったので一発だけビンタさせてもらっていいですか、と言い頬を差し出されたものの、泣いて手が震えて頬を撫でるだけになってしまった。もっと全力で、猪木ばりの一発をかましてやればよかった。でもそれができなかったのだ。それなりに恋だったから。

終わりました。と連絡をすると、なんとタムさんとのどかは早速意気投合してふたりで買い物をしているというので東京駅で落ち合った。数時間しか経っていないのにふたりはもうツーカーのようだった。「終わりました」と頭を下げながら改めて言うと、終わった実感がぐわりとわたしを呑み込みそうになったが、「おめでとう」とふたりが笑うのでへろへろ笑い返した。お昼もろくに食べられなかったので身体がふらふらしていた。そのまま三人で居酒屋に入る。食べられそうなものだけ食べなと言われたのでハムカツを頼んだ。ハムカツを頼んだというよりもハムカツを頼むげんきなわたしを頼みたかった。ハムカツはひと口だけ齧ってあとは食べなかった。さらには

「そら豆食べたい！」とごねて頼んだくせに、さやを握るだけ握って撫でたりしただけで一粒も食べなかった。死ね！　と、死ぬ！　が交互に来て、笑ったり怒ったり泣いたりしていた。ふたりは「おうおう」と笑いながらやさしくしてくれた。別れ話の際にTPO、と思ったこと、「カフェ武道」だったこと、話すたびに「うわひど」「ないわ」と言ってくれるふたりに勇気づけられて、どうにか帰りのバスに乗ることができた。ふたりがいなかったらどうなってしまっていただろう。

あとでのどかが笑いながら教えてくれた。わたしがあの日乗ったのは、小田急線ではなく箱根行のロマンスカーだったらしい。在来線にしてはあまりに到着が早いのでふたりとも驚いて察したのだという。新幹線のような座席だったことも、老夫婦が多かったことも、思いのほか早く着いたことも、一駅で降りるのがわたしだけだったことも納得がいって笑ってしまった。ふられにいくためにロマンスカーに乗るなんて。何にも知らずに乗ったロマンスカーは、すごい速さだった。

抜けないボクシンググローブ

二〇一七年の一月。わたしは五日間だけ金髪だった。思い立ってドン・キホーテで脱色剤を三箱買い、思い立ったその日のうちに金髪にした。四年で卒業するのを諦めて、残り二週間で仙台から盛岡へ戻らねばならぬ、というタイミング。やけになりたい！　と思ったのだ。わかりやすいことしかわからないので、わかりやすくグレたくなった。というか、グレてでもいなければ、なぜ留年したのか自分でもうまく説明がつかなかった。

ツイッターで「学生のうちにやっといたほうがいいことありますか」と書いたら、旅、とか、貯金、とか、勉強、とか、読書、とかいろいろ集まったが、そのなかでも特に今まで経験がなく、やろうと思ってもなかなかできない、思い出になりそうなものというのが「骨折」か「金髪」だった。金髪には何度かしようと思っていたが、アルバイトが染髪禁止だったことと、いつもお願いしている美容師に尋ねたところ、黒に染め直すところまで含めて確実に四万円は掛かると言われたことがあり、なかなか尻込みしていた。

アルバイトも辞めてしまった。お金はないが、時間はたっぷりある。もはややらない理由がなかった。ドン・キホーテに行き、脱色剤と緑っぽいグレーに染まるアッシュのヘアカラーと、黒染めを買った。美容院でやれば全部で四万円かかると言われていたものが、三千二百円。これから自分がしようとしていることの安っぽさに身震いがした。しかし、脱色剤には「明るくキメる。強気に攻める。」と書いてあった。やってやろうじゃん、と俄然思った。

脱色一度目。鏡を見て、のっ！　と妙な声がでた。びっくりするほど似合わないのだ。ヅラ。ヅラ、というかんじだった。白になると思っていたものはちょうどおいなりさんのようなオレンジ寄りの茶色になった。己の屈強な黒髪を呪う。本当は時間を置かなければならないのに、立て続けにもう二箱。ひりひりと痛む頭皮と引き換えに髪色はどうにかそれっぽくなった。白に近い金。色むらはそれはもうひどいものだったが、わたしはとてもうれしかった。金髪だ！

わたしはさっそく真っ赤なコートを着ていつもの道を歩いた。真っ赤なコートは取ってつけたような色の髪に案外似合った。街を歩くと、人の波に道が開けるような感覚があった。いつもはわたしが避けなければいけないようなおじさんや気の強そうなお姉さんがわたしの歩行ルートを最初から避けて歩いてくれる。これは結構衝撃的な感覚で、強くなったようなきもちと共に淋しいような気もした。こうしてギャルとギャル男はドン・キホーテですれ違うだけで「わかる」と察知できるのだ。同世代の就活生らしき学生から向けられる視線は痛かったが、社会の色に反している（ようなきもちになる）のは、とても開放的だった。やーい、と思った。やーい、社会のバーカ、つまんないの！

金髪にしてからというもの、一時間おきに自撮りをした。目を細めて、挑発的な顔をした写真がカメラロールに溜まっていった。髪が派手になったせいでより自分の顔の地味さが際立つ。しかし、両手を広げてくるくる回りたくなるほどに金髪にしてから何をするのもすがすがしい。ああ、自由！ いろいろとうまくいかない自分の人生から幽体離脱できたようだった。

排水口にたまる毛髪が金色になるので、風呂を洗うたびにブロンドの女性と共に暮らしている心地がした。起床していちばんの寝ぼけ眼に金の毛が見えるので、動物がすぐそばにいる！ と勘違いして飛び起きたりしながら、わたしは金髪のわたしとたのしく過ごした。

金髪にして二日目の夕方、なんだか手持ち無沙汰になったのでミドリに電話をした。ミドリはそのときよく電話をするようになっていた男の子で、話がほどよくつまらなかったのでなんだか好きだった。いつ連絡してもすぐに連絡が返ってきた。夜になるとミドリは家の車を借りられるらしく、それならば、と思った。

「よお」

「やあ」

「どっか連れてって」

「いいよ」

「できるだけはやく」

「わかった」

「やった」

話の早い人だった。ミドリも、留年が決まっていた。

「髪を染めたんだって？　見せて」

自撮りを送るとミドリは「すごいな……」とだけ送ってきた。実際すごかった。すごく、似合っていなかったのだ。

「髪を切る予定があるからそのあと会おう」

「わたしみたいに染めなよ」

「やだよ、おれは不良じゃないから」

「ちぇ」

「どこ行きたい？」

「最悪なゲーセン」

「最高じゃん任せて」

「北四番丁に二十一時」

「わかった」

冬の北四番丁は、ほんのり熱燗のにおいがした。おまたせ、と言いながら時間通りに来るミドリの車に乗り込むと、運転席のミドリの頭がくりんくりんになっていた。ミドリは絵に描くようなさらさらの髪の毛だったのに。

「どうしたのそれ」

「不良ではないので染めませんでしたが、対抗したかったのではじめてパーマをかけました」

「くりんくりんじゃん、似合わない」

「お互い様でしょ」

「うれしい、最高の夜だ」

「じゃあ最悪のゲーセン行きますか、で、その前に」

ミドリはやたら大きなリサイクルショップに車を停めた。「CD買おう」。大きなリサイクルショップは頭の悪そうないで立ちで、入ってすぐのところにいかがわしいコーナーの暖簾があり、スウェットの客たちはなぜかすれ違いざまに律義に会釈をしていた。黄色いおおきな宇宙人の置物が一万円で売られていて、髪と同じ色じゃん、と、ミドリはわたしと宇宙人のツーショットを撮った。懐かしいと興奮しながらミドリはベースボールベアーの昔のシングルを買い、わたしはめぼしいものがなく、くるりの『魂のゆくえ』を買った。金髪の人が買うCDじゃないよな、と思った。浜崎あゆみか何かを買えばよかったのに、全然ほしくなかった。

ゲーセンに向かう車で、ミドリはもう一枚買っていたというCDを流してくれた。「なんていうかばかっぽくて今夜っぽいから」とミドリは言った。ピコピコギャンギャンした曲を我慢して聴いてみると、その曲はやたらと「ファイアー！」と叫ぶのだった。何が面白いのかわからないのに、なんだかばからしくて爆笑しながら聴いた。曲名は「The Fire」。歌っているのはDOPING PANDAというグループだと聞き、腹を抱えて笑った。ファイアー！　わかりやすいことしかわからないから、わかりやすく爆笑した。

連れてこられたゲーセンは、ゲームセンターではなくゲーセンとしか言いようがない最悪なものだった。郊外のやたらと広いゲーセン。スタッフがろくにいない、UFOキャッチャーの景品に欲しいものがそんなにない、太鼓の達人に「千本桜」が入っている、二回り世間から取り残されているようなゲーセン。雑な金髪のわたしとちんちくりんなパーマのミドリはその付属品としてよく似合っていた。

わたしたちは五百円分のコインを買い、大小さまざまなかえるを打ち落とすゲームと、クレヨンしんちゃんがお菓子を買おうとするゲームと、カウボーイが縄で敵を捕まえようとするゲームと、網で魚を掬おうとするゲームをやった。ふたりとも笑うほどへたで、「ザンネンじゃ」「バカもん！」「はずれ」「またこんど」などの人をおちょくるようなゲームオーバーの表示を見てはへらへらとした。わたしもミドリもへらへらするばかりでコンティニューしようとはしなかった。ハンマーの先っぽが取れて棒だけになったワニワニパニックを、ミドリは素手で叩いた。

わたしがパンチングマシンに百円を入れると「込めて」とミドリは言った。「なにを」「なんか、あるでしょ」「ないよ」「じゃあ」なんで金髪なんだよ、とミドリは言いたそうだった。わからないのだった。パンチしたい相手がわからないから、わたしはこんなよくわからない髪の色になっちゃったんだよ。ボクシンググローブをはめたわたしに見つめられて、ミドリはその先を言わなかった。

「強すぎて機械壊しちゃうかも」とふざけたことを言って助走をつけて殴ると、拳にダイレクトに衝撃が来た。古いボクシンググローブは薄く、サンドバッグの鉄芯がダイレクトに第二関節に響いた。が〜！　しゃがみ込む。殴るって痛いんだねえ。ミドリはざまあみろと言いたげに笑った。へなへなと座り込んでしばらくして、わたしは焦った。抜けない。ボクシンググローブが手から抜けないのだった。「入れたときの反対にすれば抜けるでしょう」とミドリは笑ったが、どう頑張っても抜けない。グーとグーで脱ごうとするのは余計に難しかった。片方抜いてよ、と頼んでも、ミドリはすぐにはたすけてくれず「戦い続けなよ」と笑った。もう戦いたくないよ、と言いながら本当に泣き出しそうになった。弱気な金髪。引っこ抜いてもらってようやく脱げて、わたしたちはプリクラを撮って、笑いつかれて車に乗った。一時だった。

　最悪なゲーセンから帰る途中、車はどんどん海へ、そして工場夜景に近寄った。

「仙台で実はいちばんきれいだと思う」とミドリは言い、車を停めてくれた。潮風の混ざる夜の空気はキリっとして、生臭くて、とてもきもちがよかった。大きな工場をしばらくふたりで見上げた。湯気を出し紫や黄色に光る大きな管はいつでも動き出せるようだった。星、きれーだね。とか、話していた。もうそろそろ仙台の暮らしも終わる。この夜のこと、ずっと覚えていたい、と思った。陳腐だし、そんなこと言ったらミドリはわたしのことを好きだから、きっとめちゃくちゃ喜ぶだろうと思って言わなかった。

「髪染めても、パーマしても、おれたちは不良にはなれない」

と、ミドリはあきらめたように、うれしそうに、かなしそうに言った。ひとりごとのようだった。陳腐。と思った。言わなかった。

オレンジのランプをつけた工場警備のセコムが来て、ここは立ち入り禁止区域だからきみたちは入れません、と言った。怒るでもない、きわめて事務的な声色で。はあい。わたしたちはおとなしく帰った。帰り道ではファイアー！　の曲を流さなかった。

からあげボーイズ

仙台でひとり暮らしをしていたマンションは小学校とスーパーと薬局の近くにあり、早めに家に帰る日はしょっちゅう下校中の小学生とすれ違った。ある夏、アルバイトに向かうため薬局の近くを歩いていると、ふんぬぉ！　と人間のうなり声がした。驚いてあたりを見回すと、低めの桜の木に男子がふたり肩車をして手を伸ばしていた。どっしりとしたでかい男の子の上に、ひょろっとした眼鏡が肩車されて腕を一生懸命伸ばしている。ズッコケ三人組を圧縮してふたりにしたようなその見た目に思わず足を止めてしまう。きみたち、まずランドセルを下ろすという考えには至らなかったのか。至らないのである。それが小学生だから。

「ミヤマクワガタァー！」

「いけぇー、とどけぇー！」

叫んでいる。お、と声が出る。ミヤマクワガタか。ミヤマはたしかにレアだね。カブトムシではやっぱりこのテンションにはならない。わたしもカブトムシよりクワガタ派だからわかるよ。でもごめんよ、お姉ちゃん手伝いたいんだけど背が低いし、アルバイトに遅刻気味だし、ミヤマの脚っていがいがして手に刺さるじゃんか、久々のミヤマちゃんと捕まえられるか自信ない。ごめん。こころの中で彼らに語りかける。見届けたいきもちはやまやまだが、時間も迫っているので精一杯激励のまなざしを向けながらゆっくりそばを通り過ぎる。

「どう？　届きそう？」

「ごめん、もう、無理かもっ」

「リョウちゃん！　諦めんな！　思いの強さが勇気の強さっ！」

思いの強さが勇気の強さっ。なんのヒーローの台詞かしらないけれどいいこと言う。妙に感心していると、わたしの視線に気が付いたふたりが顔をこちらにくるっと向けて声を揃えて叫んだ。

「こんにちはー！」

いいよ、ミヤマに集中しなよ。今月のめあて「あいさつをする」だったのだろうか。まっすぐでおかしくて笑ってしまう。

「こんにちはー、がんばれー！」

と叫んで、腕時計をみて慌てて走った。遅刻だ。こんなことをしている場合ではない。でもがんばれって叫んだの久しぶりだな。喉がさわやかに熱い。

後日、またふたりとすれ違った。

「こんにちはー！」とやっつけでわたしに挨拶をして夢中で走り去っていく。あの日、ミヤマは結局捕れたかい？　と聞く暇もなく、慌てて「こんにちは！」と大声で返す。

「リョウちゃんおれさっ」

「うんっ」

「きょうの夕めし、からあげなんだってー！」

「いいなーっ！」

「うおー」

からあげだー！　ふたりは右手をグーにして突き上げながら走って角を曲がっていった。わたしは今までの人生でからあげに拳を突き上げて喜んだことがあるだろうか。

未来だなあ。このからあげボーイズがしあわせに暮らせる国にしなくちゃって、でっかい責任を感じたりする。からあげボーイズがからあげおじさんになるまでに、わたしに何ができるだろうか。

エリマキトカゲ

〈玲音、ごめんなさい。ちゃんと謝りたいことがあるので電話をしたいです。何時にかけたらいいですか？〉

と、かおりから突然敬語でＬＩＮＥが来た。〈夕飯食べ終わったら。三十分後かな〉と返し頭を悩ませる。こんなに謝罪されるようなことがあったろうか。〈ありがとうございます……〉かおりはいつものようにスタンプを押してこない。よっぽどのことか。

かおりは同じ大学の同じ学部の同じ科の、違うグループにいる同級生だった。わたしはまちづくりを学んでいて、かおりはマーケティングを学んでいた。宮城名物のささかまの新商品をプレゼンするプロジェクトでたまたま一緒になって、趣味が合うとかそういうことではなかったが、わたしがつっこみでかおりがぼけだとなんとなくピースが合う感じがして、そういうウマの合うところが心地よくて、たまにふたりで並んで授業を受けた。かおりはとてもまじめで、少し天然で、それゆえ大学においてはつまらない（ほんとうにつまらない）学生ノリでいじられることも多そうで、おこがましくもわたしはせめてわたしといる時はそういうつまんないいじりに愛想笑いしなくていいよ、というきもちで彼女と接していた。

いつも他人に話したくなってしまうかおりの話がある。骨折をしたことがあるか、という話になったとき、彼女は顔を赤らめながら言った。

「小学校一年生くらいのときかな。星のカービィが好きでさあ。カービィごっこしてたの。ゲームの真似して曲を口ずさみながら、カービィってほら、すっごい飛ぶじゃん、わたしスキップしながらプワーンプワーンって効果音も自分の声で」「かわいいね」「で、そのままジャンプしながら曲がり角から飛び出たの」「え」「いやあ、めちゃくちゃ轢かれた。二メートルくらいポーンって飛んで。でも、わたしが悪い！って一瞬にしてわかったから申し訳なくて、心配して出てきた運転手さんのことを振り払って帰宅しちゃった」「え!?」「家帰ってから、冷静になればなるほど体が痛くてね。泣きながらリビングに行って『お母さん、痛い、車に轢かれた』って言ったらお母さん『家の中で轢かれるわけないでしょ！』って怒って」「あはは」

かおりはそれを、「ウケる話」としてでなく、あくまで「悲しかった失敗談」として話してくるのが余計におもしろかった。かおりはいつでもまっすぐでかわいい。そのかおりが、わたしに謝罪したいのだと言う。重大な、強烈なニュースを伝えられてもいくらかは詩のような気分になれるかと思い、ベランダに出て通話をした。夏の夜の風が夏の夜の風らしくわたしのからだを撫でるのでそわそわした。


「もしもし」

「もしもし、玲音、ああっ、あのね、きょう採用試験の最終面接があって」

「おうおう、どうだった？」

「受かった！　受かったんだよお」

かおりはちょっと泣いている。いいニュースじゃないか。大きな企業を受けたりいくつか落ちたりしていたことを知っていたから、すごいじゃん、いいな。と思った。わたしはそのとき自分の就職活動に挫折して完全にやけになっていた。

「おめでとう！　かおりみたいな人を採らないほうがおかしいよ」

「そんなことないよ、でもよかった、ほんとうにうれしい、玲音のおかげ」

「なんでよ、わたしなんにもしてないよ」

「そう！　そうなの、でもちがうんだよ、ごめんね、ごめんなさい！」

「受かったんじゃないの？」

「うん、よかった、やったあ、でも、ごめんなさい！」

意味がわからない。かおりは半べそで喜びながら半べそで謝罪している。なんなんだ。竹中直人の「笑いながら怒る人」のことを思い出しておかしくて笑ってしまう。

「きょうの面接で『あなたの尊敬する友人を動物に例えて、そのよさを説明してください』って言われたんだけど」

「うん」

「すぐに玲音だ！　って思って玲音のことを話した」

「それはうれしい、ありがと」

「で、あの、あー！　ごめんなさい」

「さっきからなに、はっきり言って！」

「はい！　ごめん、言います」

かおりは大きく息を吸った。

「玲音のこと、エリマキトカゲにたとえました」

「え、エリマキトカゲ」

「エリマキトカゲにたとえてごめんなさい」

わたしは硬直してしまった。なんだそれ。大したことないじゃないかと思うと同時に「エリマキトカゲにたとえてごめんなさい」と謝罪されることはこの後の人生にはないだろうと思うとおかしくてたまらなかった。

「勇ましく駆け抜けていくかんじが友人とそっくりですって言ったら、面接官が笑って、受かりました」

「あはは。いいよいいよ。かおりが受かるためなら何にたとえられたっていい」

「ほんと？　あとから玲音は猫とかうさぎにも似てるんだからもっとかわいい動物にすればよかったってすっごい反省したの、そればっかり気になっちゃって、ちゃんと謝ろうと思って」

誠実すぎる。誠実はかわいいことだなあと思う。かおりは心底よかった、怒られるかと思ってなどと言いほっとしていた。今度お祝いでご飯食べようね、と電話を切る。音声がなくなった途端夜の暗さがなだれ込んできてひとりぼっちになってしまう。しばらくそのままベランダの手すりに凭れて遠くに流れていく車のランプを眺めながら、みんな将来が決まっていくなあと、ふらふら考えを巡らせる。

それにしても〝勇ましく駆け抜けていくかんじ〟か。うれしい。勇ましさを見たくなりGoogleで「エリマキトカゲ」と検索する。

すると、出るわ出るわ、大きく口を開けてせわしなく走りまくるエリマキトカゲたちの画像。勇ましく駆けるというよりも大慌てで「ひえー」と絶叫している感じがする。そのせわしなさ、うるささ、滑稽さが妙に自分と結びついて悔しいけれど笑ってしまう。そうだ。勇ましく駆ければよいのなら、ライオンだってよかったじゃないか。どうしてよりによってエリマキトカゲ、こんな、しかし……画像を見れば見るほどわたしをエリマキトカゲにたとえたかおりが憎たらしく思えてくる。きっとかおりも、面接後にエリマキトカゲを検索して「しまった！」と思ったのだろう。そしてそれを黙っていればいいものを、きっとわたしと妙に似ていたせいで言わずにはいられなかったのだ。そして、面接官はきっとライオンではなくエリマキトカゲにたとえるようなかおりだったから採用したのだろう。かおりの、おそらく自覚していないその魅力を引き出すのにはぴったりの試験だ。エリマキトカゲのことをもう少し調べたら、〝襟を立てるのは地上で外敵に襲われた際に見られる習性〟と出てきた。勇ましいどころか必死の集大成。全力の威嚇があの襟なのか。「ひえー」と絶叫する画像をいくつか保存して、ついに耐えきれず声に出して吹き出した。

〈内定おめでとう〉

爆走するエリマキトカゲの写真と共にかおりに送ると

〈ごめんなさい！！！！〉

と土下座するスタンプがたくさん送られてきてまた笑う。悔しいが、わたしとエリマキトカゲはとても似ているような気がしてくる。わたしの崖っぷちの威嚇が、命からがらの猛ダッシュが、かおりからは勇ましく見えるのか。

その日以来、「自分を動物にたとえると？」という質問には必ず「エリマキトカゲ」と書くようにしている。エリマキトカゲは爬虫綱有鱗目アガマ科エリマキトカゲ属に分類されるトカゲ。森林に生息する。低温に弱く、飼う場合は高温を維持し、一部に局所的な熱源を照射する必要がある。威嚇の際は大きく口を開け襟を立てて素早く走るが、持久力はない。

きぼうを見よう

二〇一七年初夏、わたしは二回目の大学四年生をしながら、休学していたので実家に戻って事務の仕事をしていた。いちおう社会に参加しつつ、モラトリアムのような宙ぶらりんの毎日だった。同期はみなちゃんと卒業してちゃんと入社してちゃんと社会の波に揉まれて、ちゃんと、つまらない愚痴ばかり言うつまらない新社会人になっていた。

何も得ない一年になるのが嫌だったので、実家の庭に咲いている山野草を持っていき職場の給湯室に生け、花の名前を紹介するカードを作って飾ることを楽しみにして暮らしていた。花の名前をたくさん覚える一年にする以外、とりたてて目的のない一年になりそうだった。定時に帰って、夕飯の買い物をして夜までの間は漠然と人生のことを考えていた。こんなはずではなかった、じゃあ、どんなはずだった？　と自問自答を繰り返してはツイッターばかり見て眠った。毎晩、何の夢も叶わない人生になりそうだなあと思った。何の夢も持っていなかったから上手く卒業できず、上手く就職もできないのかもしれないと思った。

東京で暮らすとか、仙台で暮らすとか、盛岡で暮らすとかのことばかり考えてくねくねと悩んでいたが、わたしは実際のところ、「恋したひとと暮らしたい」以外の夢がなかった。東京のひとと別れた途端、東京で暮らそうとも思わなくなってしまって、自分がどうしてここにいるのかも、これからどうしたいのかも、ぽかんとしてわからなくなってしまった。

ある夜、いつものようにネットサーフィンをしていたら〝「きぼう」を見よう〟というサイトをたまたま見つけた。なんだその力強さ、と思い半分ばかにしたようなきもちで開く。

それはＪＡＸＡのサイトだった。「きぼう」という名前の宇宙ステーションがあるらしい。

〝地上から高度およそ４００㎞の軌道を回る、国際宇宙ステーション（ＩＳＳ）。現在、大西宇宙飛行士はじめ三人のクルーが仕事をしています。地上から肉眼でも、条件があえば、明るい光の線となったＩＳＳが空を通りすぎる様子が見られます。ぜひＩＳＳを見てみましょう！〟

へえ、きぼうを、ねえ。サイトにはちょうど一週間分の表が掲載されていて、そこには肉眼で確認できる時間帯と方角が記されていた。夏の数日、決まった時間に頭上を十分ほどかけて通過するらしい。だいたい朝の三時と夜の十時のあたり。地域によって見えはじめる時間が違って、どうやらチャンスは全部で十回くらいある。きぼうが見たい。声にすると、なんだかあまりにもあほらしかった。あまりにもあほらしいことをしたいとき、声をかけたくなるひとが一人だけいた。

「ちょうどきぼうが見たいと思ってました」

とミドリは言った。仙台から越した後しばらく連絡を取らずにいたが、きぼうを見たそうなひと、と思ったら真っ先に思い付いた。ミドリは留年をしながら大変そうなアルバイトをして、暗い日記ばかり書いていた。わたしもミドリも決定的に何かに敗れたわけではなく、けれども確かに敗者のような面持ちでいる似た者同士だった。じゃあ、きぼうを見ましょうか、と約束して電話を切った。

　うっかりしているわたしが時間を忘れないように、観測時間の十分前にミドリから「きぼう!」と連絡がきた。よっしゃ、と外に出るも初日は連日の雨で雲が分厚く、結局何にも見えなかった。星どころか飛行機の明かりすらも見えない空を眺めながら、ミドリと三十分ほど電話をして、じゃ、またチャレンジしよう、と切った。

　次の日は土砂降りだった。不穏ですな、と言い合って電話はしなかった。その次の日はものすごい靄《もや》がかかっていた。その次の次の日は大雨だった。

　五日目は曇っていたが電話をした。

「きぼう、また見えなかったね」「仙台と盛岡で見ても摑めないもんだね、見たかったな、きぼう」「まだチャンスあるよ」「せっかく外出たのにこれじゃあ電話かけるために外出た人になっちゃった」「それじゃあだめ?」「だめだけど、まあ仕方ないね」

　わたしたちはそのまましばらく夜の散歩をした。「何が見える?」「川、きのうの雨で氾濫してる、そっちは?」「車とビルがたくさん見えるよ、ここは仙台、おれはシティーボーイだから」「こっちはすごい音量で蛙が鳴いてる、聴こえる?」「田んぼかあ、盛岡にはサイゼリヤないんだもんね」「うるさいよ」

　盛岡と仙台の観測開始時間には三十秒の時差があった。三十秒分の距離は遠いのか近いのかわからない。明日と明後日は晴れるらしい、と言い合って切った。

六日目、ちょうど、見えるとされる北北西を含む西側の雲がうんともすんとも動かなくて見えなかった。たった数分お互い黙っていて、はーあ！　と笑った。見えない！　家に向かって歩きながら電話を続けた。

「おれひまわりが怖いんだけどさ」「へえ、まあ、花大きいしなんとなくわかるよ」「絶対あれ、人を喰ってるじゃん」「あはは何言ってんの」「枯れたひまわりとか、あれ超怖い」「じゃあ今度ひまわり畑一緒に行こうか」「勘弁してよ」「なんか、何してんだろうねわたしたち」「きぼう見ようとしてんだよ」「そっか、そうだった」「また明日ね」「うん、おやすみ」

きぼうがまだどうしても見たいような、きぼうなんて見られなくてもともとで、もうどうでもいいような気もした。でも、明日は晴れだ。明日が最後のチャンス。なんだか緊張した。きぼうが見えたからって、それがわたしにとってミドリにとってなんだというのだ。見えなくてもともと。手に入れることができなくて落ち込むのは、手に入れたものを失って落ち込むよりずっといい。それなのに、きぼうのその光がどんな色なのか知りたくてたまらなかった。

翌日。仕事帰りに喫茶店に寄り、短歌を作って時間をつぶした。もしきぼうが見えなかったら泣きながら家に帰ってしまうような気がしたので、盛岡駅のそばできぼうを探すことにした。

ちょうど毎週水曜日は盛岡駅前の開運橋から花火が打ちあがっていたので、北上川のそばにあるベンチに腰掛けて花火が川に映るのを見ていた。サラリーマンも学生もおじいちゃんもおばあちゃんも橋の上で足を止めて花火を見上げる、その様子を見ているのが好きだった。最終回みたい。花火を見るといつもそう思う。さて、見えるだろうか、今夜は。花火が終わると、立ち止まっていた人たちはミュージカルの歌のシーンが終わった後のように散り散りに去っていった。きぼうを見るにはこれが最後のチャンスかもしれないことを、誰も知らないんだね。東横インの看板の青い光が真っ黒い北上川に薄く反射して大きなシャボン玉に見えた。

十分前から通話を始めた。お互いに黙る。集中しているから。最後の挑戦に敗れても、ぜんぜん見えねえ、きぼうがねえなあってわたしたちは笑えるだろうか。ふと思った。これでわたしかミドリどちらかだけが見えたらどうしよう。盛岡と仙台だ。気温も空も違うのだから考えてみれば全然ありえそうな話なのに、わたしの頭の中にはふたりとも見えるかふたりとも見えないかしかなかった。ひょっとしたら、ミドリは既に見たんじゃないか。見えたのに、わたしのためにわたしが見えるまでそれを隠してくれているんじゃないか。そう思うと叫びだしそうになった。

「見たいなあ」

と、ミドリは言った。ぽっかり言った。見たいなあ。そのままの意味の言葉だとわかった。見たいねえ、と、こたえた。

西の空が四分の一だけひらけている。試されている気がした。雲の裂け目のその隙間だけがきれいに晴れていた。十分間のうちにその絶妙な隙間から見つけられるのだろうか。見つけられなかったときに、いちばん気の利いた言葉はなんだろう。向こうは完璧に晴れていると言う。もし。わたしだけ見られなかったらどうしよう。

予定時刻を迎えた。藍色の明るい夜だった。四分を過ぎても何も見えなくて「大丈夫だよ」「うん、大丈夫」とうわごとのように言い合った。晴れているのに見えないなんて、どうしようもないな、と思ったその時だった。

二〇一七年七月二十六日、二十時四分、北北西。

ちいさい、ほんのこれっぽっちの金色の光が現れて、すすすす、と北へ動いた。光は針で開けた穴のように些細で、それでいて想像以上に素早かった。仮にも人類の駅が、こんなにちいさくていいのか。感動とも奇妙ともつかなかった。舞台を観ている人の前を横切るときの、いやあ、すみませんねえ、といったような速さだった。なんともあっけなく、これっぽちで、くだらなくて、うれしかった。

「見えた！　ちっちゃい、しょうもない！」

わたしはもう、笑いが止まらなかった。「えっ、こっち見えないよ」と言ってすぐ、ミドリの笑い声が聞こえた。「え、これかよ！」「たぶんこれだよ」「絶対これだけど、これかよ」「もっとさ」「うん、もっとすごいやつだと思ってた」「きぼうって、これか」「たいしたことないな、きぼう」何を言っても大きな比喩みたいでばかみたいで笑う。ひとしきり笑っているうちに、きぼうは北の空へ消えた。

駅に向かう道すがら、「見えちゃったよ」と言い、また笑ってしまう。見えたら感動して泣くだろうと思っていたのにぜんぜん泣けなかった。「よかったね玲音、ずっと見たかったんでしょ」「まさか本当に見えると思ってなかったからさ」「おれあれだけ『大丈夫、見える』って言ったじゃん、信じてなかったの」「信じてなかったよ」

だってまさかこんな、何かの台本みたいに。

「わたし、見えなかったら何て言うか決めてたんだけど」

「見えたからもう言わなくていいよ」

「そうだね」

「おれは絶対見えると思ってたから、見えたらなんて言うか決めてました」

「見えなかったら?」

「俺がずっときぼうになるよ、って言うつもりだった」

「あはは、そう言われたらふってた」

「やっぱり?」

開運橋の舞台みたいな歩道橋を上って降りた。わたしたちは、交際することにした。

秩父で野宿

年に一度、盛岡短歌甲子園という盛岡市で行われる高校生の短歌の大会のために遠方から学生歌人が揃う。当時は選手でライバル同士だった者も卒業するとボランティアとして仲良く大会に参加できる。熱い夏の楽しみだ。わたしの役割はそこに集まったかつてのライバルたちに、なるべくよい盛岡、具体的にはうまいごはんを食べさせて、たらふくで帰ってもらうことである。今年は殻付きの生うにがまだあるようだったので、吉浜食堂にみんなを連れて行った。

この日は久々の再会を喜ぶ以外にもうひとつ目的があった。盛岡短歌甲子園に集まるひとりである郡司和斗が短歌研究新人賞を受賞したお祝いも兼ねていたのだ。郡司は二年前の大会にボランティアで来てくれていてそこで知り合った。その際の打ち上げで、「高校生には恋の短歌が多い。でも、自分の恋ではなくイメージ上の『恋愛』

を詠んで月並みになってしまう歌も多い。どうやったら唸るようなぐっとくる恋の歌が詠めるんだろうね」とみんなで話しているときに「ってか、思うんですけど。本当に好きだったら『好き』とか言えなくないっすか」と郡司はぼそっと言ったのだった。そこにいた全員が、砂のお城が崩れるように居酒屋のテーブルに突っ伏した。ああ、その通りだよね。ああ、仲良くなりたい。と思って、仲良くなった。

花束を渡すと、うれしいものですねと郡司は照れた。受賞後第一作を書かないといけなくて、と頭をかいている。一年に一度会えるか会えないかの関係なのに郡司の受賞は自分のことのようにうれしく、そこにいるみんなが祝福の表情をしていた。

お盆だからみんな宿を取るのに苦労したでしょうという話の流れで、郡司はぽつりとこぼした。「まあ、野宿よりはマシですよ」。我々はそういう野性味のある言葉にめっぽう弱い。聞かせて聞かせて、野宿したの？　いつ？　どこで？　なんで？　みんなが前のめりになって一気に質問をする。

「いや、そんな面白い話じゃ全然ないですけど。秩父で野宿」

秩父で野宿。字面がずるい、もうおもしろいじゃないか。聞くと、友人と共に秩父へ旅行をしたが、予約したと思っていた宿が取れていないことが発覚し、ホテルに空きはなく、仕方なしにネットカフェに泊まろうとしたのだけれど友人が身分証明のできるものを持っておらず、どうしようもなく川原で野宿をしたらしい。「いいなあ」と、三人くらいがうっとりとそう言った。「ぜんぜんよくないですよ、二度とごめんです」郡司の言う通りであろう。しかし。やってみたいわけではないが、やってみたくないわけではないもの、野宿。「不良に絡まれたりしないの？」「しました、ヤンキーみたいなのが『寝てるんスかあ？』って来たけど、下手に会話をするほうが危険だと思って通り過ぎてくれ通り過ぎてくれって念じながら目を閉じてやり過ごして」「へえ、いいなあ」だから、よくないのである。よくないのだが、ちょっとうらやましいもの、野宿。

眠れなかったですよ、朝陽はよかったんですけどねと言う郡司に「野宿ってどこでチェックインすればいいんだろうね」とふざけると、そこからが早かった。「風にチェックイン」「お、詩じゃん」「風にチェックアウト、よりもチェックインのほうがいいっすねやっぱ」「河川敷ってことはキーレスでは？」「めっちゃいいホテルじゃん」「朝陽無料」「雑草も食べ放題」「朝食無料みたいに言わないでくださいよ」「巨大ウォーターサーバー」「川でしょそれ」「川面の光堪能プラン」「リバーサイドホテルだ」次から次へと言葉遊びをするうちに、自然ってでっかいホテルじゃん、みたいな壮大な話になってきて、わたしたちはもう酔っていて、殻つきの立派な生うにが出てきたら秩父で野宿の話はあっという間に飛んでいった。

「歌人同士で集まって枕詞の話でもするんですか？　わたし絶対一緒にご飯食べられない」と、短歌をやらない人に言われて吹き出したことがある。たしかに、まあ、助詞の話や主体がどこにあるかとか、好きな歌がどうだとか、歌人しかいない飲み会であれば話さないわけではない。でも、わたしが歌人とお酒を飲むのをどうして好きかというと「殴るのに使うなら何の花がいいか」とか「夜の、と付けてエロくなる言葉は何か」とか「飼えるなら何を飼いたい？　おれは観覧車」とか、「夏のにおいは冷蔵庫、冬のにおいは脱衣所」とか、そういう、いわゆる「普通の人」には「へんな人」だと思われるような話を延々とできるからだ。

翌朝、みんな帰ってしまった盛岡駅の重い押し扉を開けるときもちのいい風が吹いた。あ、チェックイン、と思う。生きている限り地球に連泊している。

うにの上

「しばらくは陸だよー」と連絡が来た。おりょうちゃんが帰ってきた！　久々に会えることになって胸が躍る。会うのは三年ぶりだろうか。

おりょうちゃんはわたしより三つ上のお姉さんで、名前を良という。船の上で働いていて、たまの長期のお休みで陸にいる。わたしもおりょうちゃんも岩手にいて、わたしが十八歳の時に盛岡のライブハウスで出会った。ＳＮＳも見たり見なかったり、連絡も取ったり取らなかったりだけどおしゃべりをすると楽しい。そういう仲だ。

「お店どこにしますか？　海にいるからあんまり海鮮じゃないほうがいいよね」

「海にいるからといって海産物食べてるってわけじゃないんだよ」

「そうなの？　じゃあ、うに食べたいなあ」

「おお、うに！　自分でもびっくりだけど実はうに食べたことないの」

「うにの上で働いてるのに⁉」

「うにの上で働いてるのに！」

おりょうちゃんは笑った。はじめてのうにならば間違いないところがいいと思い、吉浜食堂を予約した。

久々の再会は晩夏の小雨の夜だった。三年ぶりに会うおりょうちゃんはますます綺麗になっていた。まつげがするんと長くて透き通るような肌。かわいくて美容に気を遣っていない自分が恥ずかしくなってくる。

「レインちゃんも、OLって感じになったねえ」とおりょうちゃんはしみじみ言う。

前回はおりょうちゃんの船が仙台港に来たときだった。わたしは仙台でひとり暮らしをしていて人生を投げやりにしてぎょっとするほど真緑のシャツを着ていたから、そりゃあまともになっていないと困るよ、と思いつつうれしい。

ぶりのお刺身を食べたおりょうちゃんは、おいしい……とからだをよじらせた。海の上では体力をつけるためにスタミナのあるごはんのほうが大事なので、揚げ物や中華やカレーばかりで和食やお刺身を食べることは少ないのだと言う。テレビで見た海軍の生活を思い出す。まあだいたいおなじようなものらしい。はあ、うんうん、ああー。おりょうちゃんは熱いお湯に浸かる人のような声を出してありがたそうにお刺身を食べながらすいすいビールを飲んだ。「レインちゃんすごい活躍だね。雑誌に載ってるの見て悔しかったよ」とおりょうちゃんは言った。こういう風に、直接「悔しい」と言ってもらえることはとても誠実でうれしい。自分でしっかり稼いで綺麗に身支度をしておいしいものにうっとりするおりょうちゃんを見ているとまぶしくて、褒めてもらったというのに自分がどんどん小さくなるようでなんだかむかついた。

わたしたちはチャンジャをつまみながらお互いの業界の「おじさんばっかり」な現状のことを話す。船の上で働く百人のうち、女性は八人くらいだという。おじさんばっかり、の話をしているうちにうっかりお互いの元彼の話になったりして、二杯目の注文をした。

殻つきの生うにが来た。吉浜食堂の店主は漁師である。三陸で朝採ってきたものをそのまま夜に出すのでうにがぴかぴかしている。スプーンで掬って何もつけずに食べる。きゅぴーん、という音がする。そういう、発見に似た驚きがいつ食べてもある。はじめてのうにを食べるおりょうちゃんは、おそるおそる口へ運んだ。「うわっ」おりょうちゃんのからだは、ぴん！　とまっすぐになり、そのあとゆっくり、ぐにゃぐにゃになって椅子の背に凭れた。

「めちゃくちゃおいしいんですけど」

「よかった」

「わたし、こんなにおいしいものの上で働いてんだ……」

しみじみ言うので吹き出した。うにの上で力強く働いているおりょうちゃんのことを想像する。かっこよすぎてうまくイメージできず、絵本のように思えた。

帰り際、漁師の店主とおりょうちゃんは「船あるある」に話を咲かせていた。広い陸で働く者同士はしょっちゅう喧嘩するのに、広い海で働く者同士はすぐに仲良くなれる不思議。さて、とおりょうちゃんは背伸びをした。「歩いて帰ろっと」「こんなに遠いのに歩くの？」「うん」小雨に傘を差しながら、おりょうちゃんは言う。「陸をまっすぐたくさん歩けるって、幸せなことだよ」

船の端から端を行ったり来たりしているおりょうちゃんにとって、陸をまっすぐ歩いて帰ることはうれしくて仕方がないらしい。そんなのずるい。手を振って別れてから振り返ると、おりょうちゃんはうれしそうに傘を差して歩いていた。

まつげ屋のギャル

「わたしなんかが身なりに気を遣っても」とか言って、かわいくなろうと努力している同級生たちを心の中でばかにしていた思春期・青春だったばっかりに、ほんとうにもうお化粧や美容についてどこから手を着けたらいいのかわからなくなってしまった。とっておきの服を着て発奮してからでないとデパートのコスメカウンターに行けない。かわいくなりたい。しかし、平日は遅くまで仕事をして化粧も落とさず寝ては朝起きて化粧水とかんたんな（ほんとうにかんたんな）お化粧しかできそうにない。そういうこの期に及んで雑で都合のいい考えをしているわたしは、友人の結婚式をきっかけにまつげエクステに頼るようになった。流石に値段も張るので欠かさずというわけにはいかないが、少し気合を入れたいときにはまつげを増やしに行っていた。わたしの一重と短いまつげの顔はまつエクをするだけでミニーマウスのような顔になった。顔が豪華になる。値は張るが、かんたんな（そう、ほんとうにかんたんな）お化粧をするだけでそれなりに見えるので、まつげのために働くぞ……と決めた。

盛岡には夏に「さんさ踊り」という太鼓と踊りの大パレードがある。わたしは毎年笛で参加している。今年もさんさ踊りを控え、せっかくなら派手な顔で踊りたいと思ったのでまつエクを予約した。とくに指名制ではないのだが、わたしの担当はいつも決まってカフェオレ色の髪をぴっちりお団子に結ったギャルだ。彼女のごてごてのまつげは爪楊枝が何本載るだろうと思わせるほどの強さで、はじめてサロンに来たときは（わたしもこのまつげになるということか……）とがたがた震えたのだが、腕がとてもよくいつもあまり目立ちすぎないくらいで取れにくいようにまつげを植えてくれる。となりの個室に耳をそばだてる限り、おそらくまつエク中というのはあまり会話をしないらしいのだが、このギャルは「あっついっすね、サバンナかって」とか「あ、くどーさんちょっと顎やせました？」とかちょっかいを出してくれるので美容に向き合う大きなプレッシャーから解放されて助かる。ギャルはいつも自分の店のことを当サロンでも当店でもなく「このまつげ屋」と呼ぶ。施術が終わって鏡を手渡してくれるときかならず「ほい、かわいくできた」というのが好きで、わたしもついつい話しかけてしまう。

今回はさんさ踊りなのでいつもよりちょっと長めでもいいです、と伝えると、「え、じゃあ派手色のまつげも入れます？　黄色とか赤とか」と言うので笑った。そんなカラフルにされたら仕事に行けないじゃないですか。え、黒のマスカラ塗ればいけませんか？　ほんとはだめだけどわたしだったら絶対それやります。なるほど、考えときます。

「それではまつげの汚れ落としします、目を閉じてください」

目を閉じるとひんやりとしたコットンがまぶたに置かれる。ピンセットの音が微かに聞こえ、一本一本まつげが植えられていく。施術を受ける間、予約を受けるための電話が三度鳴った。ちょっと行ってきます、とギャルが席を立つ。どうぞ。遠くで「はい、そうなんです、大変申し訳ありません今週はどの時間帯も埋まっておりまして……」とギャルの電話用の声が聞こえてくる。わたしのきょうの予約も滑り込みセーフだったってわけか。戻ってきたギャルは、いやあすみません、とまたわたしのそばに腰かけて続きを始めた。

「やっぱりお祭りシーズンだと繁忙期なんですか？」

「んー、ってか、お祭りはあんま関係ないかもですね」

「でも、さっき予約いっぱいって」

「そうですね、予約はめっちゃパンパン」

ギャルの回転いすがきゅるる、と回る音が聞こえる。「つぎ、右いきますね」細い指でわたしの右まぶたに触れながら、ギャルは続けた。

「だって夏ですもん。夏って、でっけー目で見たいもの、いっぱいあるじゃないですか」

うわ。と小さく声が漏れてしまった。「そうですね、夏は」目を閉じたままうろたえながら答える。だからみんななんか焦って予約してくるんだと思う。と、ギャルは笑う。

「ほい、かわいくできた」手渡された鏡には、いつもよりちょっと長いまつげと妙にきょとんとした自分の顔が映っていた。今年の夏はこのでっけー目で、見たいもの見よう。

桃とくらげ

それは、知らない女性からわたしのツイッターに寄せられたダイレクトメッセージだった。

大学院生です。親からの仕送りと少しのバイト代で生きています。何をするにもお金がなく、服もお化粧品も買わずにコンロのない狭いアパートでなんとか自炊したりしながら暮らしています。今日、駅前の成城石井に行ったら桃が三個九百九十円で売られていました。とてもいい香りがしていて、いかにも植物ですよといった色合いの皮にびっしり生えた半透明な産毛も美しく、わたしは「桃をたべたい」とつよく思いました。

しかし買うことができませんでした。あまりに「高い」のです。わたしは福島出身で、桃なんて食べ過ぎて口の中が渋くなるくらい食べてきました。桃が大好きです。今年はまだ一切れも桃をたべていない。食べたい。でも今の自分には見合わない気がしてなりません。
さっき、ふと桃のことを考えて思い出していたら涙が出てきました。もうこうなったらとにかく食べたいけれど、こんなわたしは桃を買って食べたらきちんと味わえるのか不安です。

と書いてあった。知らない人からダイレクトメッセージを貰うことは多くはないにせよあるが、返事をすることは稀だった。しかし、どうしようもなく胸を締め付けられた。ひとり暮らしで果物が高くて泣きそうになるきもちはとてもよくわかったし、この子がわたしに慈悲を乞うているわけでないこともわかった。ただ、そういうやるせないきもちをどうしても誰かに言いたくて、それは友人でも家族でもないのだろう。そして何よりも、とても文章がうまいと思った。気が付いたらわたしはすぐに返事を出していた。既にもうどうしようもない衝動にかられていた。わたしはこの人に桃を送りたかった。「あなたに手紙を書いてみたいというきもちになったので、差し支えなければご住所を教えてもらえませんか?」と住所を交換し、すぐに桃を送った。手紙も書こうと思っていたのに仕事で全然その余裕をつくれず、なんだかとても暴力的な親切をしたのではないかと頭を抱えているうちに白鳥柄の手紙が届いた。

そこには、桃がとてもおいしかったこと、昔、同じくどうしても桃が食べたくなった時に桃農家のひとによくしてもらったことなどが書いてあった。彼女の書く手紙の文章はとても簡潔で、しかしながら事実のうつくしさで輝いていた。わたしはこの手紙をもらえただけで満ち満ちた物々交換だと思った。


年を越して、突然彼女から論文が送られてきた。それは彼女の書いたくらげの論文だった。ゲノムDNAのことや難しい学術名や実験結果が連ねられていて、ひとつもわからないが何やらとてもむずかしくてかっこいい論文だということはわかった。謝辞の「多くの方のご支援やご助言をいただいた。ここに深謝の意を表する」の、多くの方のひとりがわたしなのでこの論文を送ってくれたという。桃がくらげの論文になった。おかしなわらしべ長者だと思う。

彼女は春から山形で働くことが決まったらしい。くらげも果物もたくさんで、天国のようなところだと書かれていた。

ひとり占め

〈思う存分ひとり占めしてくださいね〉とその菓子箱には書いてあった。わたしはなんだそれ、と軽く笑いながら手紙の封を切った。

晴海はわたしの三つ年下で日本の南のほうに住んでいる。いつもわたしの心細さを見透かすようなタイミングでときどき小包を送って寄越す。松山からは柑橘を、広島からはクッキーを、福岡からはチョコレートを。晴海は引っ越しをするたびにその場所から小包を送ってくれる。そして毎回ちいさな便箋に2枚ほど季節や暮らしの挨拶を添えてくれるのだが、わたしはその便りがさまざま貰うお手紙の中でもいっとう好きだ。

〈くじらの花火をすることになりました、くじらのかたちの厚紙の背びれから火花が出るのです〉

〈海からの風がとてもつよくてどれが後ろの髪の毛で前髪はどこへ行ったのかすっかりわからなくなります〉

〈ほんとうは門司港のお土産屋さんで買った葉書を送ろうとしたのですが、Romantic Mojiko と書いてあったのでなんだかこっぱずかしくてやめました〉

晴海は働きながらひとりで暮らしている。わたしは仙台の学生時代を終え、盛岡の実家で暮らしている。最高気温も最低気温もちがうそれぞれの場所の人生が手紙によってこうしてたまに繫がる。


「玲音さんのレインはどんな雨なんですか？　わたしは晴れた海です、ぴかぴかの晴れ」

晴海は大勢の人の間を縫ってわたしの隣に座ってそう言った。五年前、愛媛県の松山に学生俳人がたくさん集まるテレビ番組の収録を終えた懇親会でのことだった。雨とおなじ名前のわたしと、晴れた海のはるみ。たしかになんだか気が合いそうだね、と言い合ううちいつの間にか文通がはじまった。晴海は一度わたしに会うために盛岡に来てくれた。秋とはいえとても冷たい雨の降る週末だった。神子田《みこだ》の朝市でひっつみ（というすいとんに似た郷土料理）を食べながら「寒すぎる！　お正月みたいに寒くておめでたいきもちになります」と晴海はうれしそうに寒さに肩を震わせていた。朝市で買った大きな洋なしと一緒に晴海をそのまま家へ連れて帰って、ぶ厚いフレンチトーストを焼いて、洋なしを砂糖と炒めたものとバニラアイスを載せてふたりで食べる。いつも離れたところで暮らしているからすぐ隣にいるのはへんな感じがした。晴海は来てくれたのに、わたしはまだ晴海に会いには行けていない。

働きはじめて、自分がいかに一人前でないか、自立していないか思い知って参っていた。仕事のほかに様々な雑誌に原稿を依頼されることも増え、ありがたいながら孤独を感じていたとき、何の前触れもなくまた小包が届いた。じんだ煮とあまおうのチョコレートクッキーが入っていた。

〈思う存分ひとり占めしてくださいね〉

と書かれたクッキーは十六枚も入っている。ひとり占めだなんて。わたしがいつもはらぺこそうだから、からかわれただろうか。手紙を開いてみるとわたしの大好きな晴海の綺麗な字が書かれていた。手紙にはわたしの体調を気遣いつつ、じんだ煮は小学校の給食でよく出たことなどが書いてあった。押しつけがましくない晴海らしいやさしさが心の底まで染みる。クッキーをさっそく一枚食べると、チョコレートはほろ苦く、苺のすっぱさがきゅっと頬にきてとてもおいしい。母と職場のみんなにもあげよう、と思い立ってはっとした。そういえばずっと前に、わたしは晴海にひとり占めが苦手かもしれないと打ち明けたことがあった。素晴らしい風景、おいしい食べ物、貴重な経験、自分の身にいいことがあるとそれ自体への感動よりも先に家族や恋人や友人などを思い（あの人にも分けてあげたかった、一緒に来ればよかった）と後悔してしまうこと。その後悔を先回りするあまり、ひとりで何か行動を起こすのに尻込みしてしまうこと。

わがままにしてください。と、手紙には書いてあった。わたしはひとり占めの練習をしたほうがいいのかもしれない。全部自分のものだと思うとはらはらわくわくする。クッキーはまだ十五枚残っている。

クロワッサン

ミドリは最近クロワッサンにはまっているらしい。どうして突然、と尋ねると「この前仕事の帰りに、パン屋さんがクロワッサンを配っていてそれを貰ったの。いやあ、おいしかったなあ。焼きすぎちゃったのかなあ」という。そんな、絵本のようなことがありますか。絵本のようなことをいう恋人がいる、絵本のようなほんものの人生。

終電二本前の雷鳴

　夜にものすごい雷雨だとそわそわしてしまう。こわいのではなく興奮するのだ。わたしは大きなものほど好きなので、激しい天気のことをかっこいいと思う。会社の窓にときおり紫の光が破裂するように走る。雨の音が途切れることなく続く。上司から危ないから早めに帰れと電話がかかってきて、切り上げられない仕事を持ち帰ることにして帰路に着く。

　電車の待ち時間を考えずに会社を出てしまったので次の電車まではあと二十分もあり、盛岡駅のホームにはわたしと、ベンチに座る大学生らしき黒髪ボブの女性しかいない。慌てて会社にイヤホンを置いてきたので音楽を聴くこともできず、ひたすら強い雨がトタンを打つ音を聞き、雷の音が光から何秒遅れてくるか数えていた。ぱっ、とあたりが明るくなり、一呼吸つかない間に巨大な音がする。雷。雷に打たれて死んでしまうことを、毎回ちょっとだけ想像する。

「おつかれーぃす」

アライグマのような髪色の青年が、大きな声で黒髪ボブの女性に話しかけながら隣の席に座った。ふーん、知り合いか。と思っていると、女性はスマートフォンから顔を上げることもなく言った。

「だれですか」

えっ、どういうこと。降り続ける雨の音から彼らの声を逃さないよう、わたしは耳をできるだけ大きくしてちらちらと様子を窺った。

「だよね。はじめまして、おれこの辺で働いてます、ハシノ。ねえねえ、このあと帰るだけ？」

……ナンパだ。場合によってはわたしが彼女を救わなければならないかもしれない。〈ナンパ　助ける方法〉と検索しながら、何も気づいていない人のふりをする。

「まあ、帰るってか、帰んないってか」

彼女は目線をスマートフォンから離さずそう答えた。ボブの毛先が綺麗に俯いている。

「帰んないの？　あっ、雨だから帰れない？　送ってこうか」

送ってこうか、もなにも、ここは改札を抜けて電車を待つ場所だ。アホというのはタフのことで、この青年は底抜けにタフなのだろう。残念だけど今回は諦めなよ。これ以上しつこかったらどこで介入しよう。どう言って割り込むのがかっこいいだろう。あれこれ思考がめぐる。

「車、そんなかっこいいやつじゃないけど近くに停めてんだよね、乗る？　電車より早いかもだよ」

早いわけないだろ。ハシノ、しっかりしろ。わたしならもうすこしうまくやる。お粗末なナンパと思いながら聞き耳を立てつづける。ぱっ。雷がまた光る。今度も大きい。ハシノは「すげーね」とだけ言って空を見つめている。雷鳴は八秒後。電車が来るまではあと十五分。しばらくの沈黙の後、雨脚が少し弱まるとともに彼女は言った。

「送ってくれんのさあ、馬とかなら、乗りたいけどね」

……は？　驚いて顔を上げると彼女はやはりスマートフォンから視線を外していない。何？　この子は何者？　わたしの頭の上に色とりどりのはてなマークが並ぶ。

馬。馬だってよどうするハシノ。

「馬かー」

流石に思いがけない切り返しだったのか、ハシノは困った顔をしている。つまり遠回しに断られているのだよ。やっぱり諦めようよハシノ。きょうはこんなに雨だし。いつのまにかハシノの側に立っている自分がいる。

「馬、おれ、最近乗ってねえからなあ」

ハシノは両手で自分の頬を挟んでうなり始めた。最近、とは。わたしの頭の上のたくさんのはてなマークを踏みしめて毛並みのいい馬が駆け回る。ハシノは続ける。

「馬ってさあ、乗ってる間風っぽくね？　車とかと全然、なんか目の高さが風？　ってか」

彼女は相変わらずスマートフォンの画面をスクロールしながら「あー、わかる」と言った。わかるらしい。距離、縮まっているのだろうか。なんだろう。少なくともわたしはここで割り込むことはできない。馬の背が風の高さであるかどうかはわからないから。

「馬乗んのやめちゃったからなあ」

「ダサ」

「馬じゃなきゃだめ？」

「無理」

「てかすげーね、雨」

ハシノが立ち上がって空を覗きこむのとほぼ同時に今度は小さい雷が光る。たとえ馬に乗れたとしてもこんな雷雨では無理だと思う。ホームには徐々に電車を待つ人々が集まり始め、訝しげにハシノのほうを見てなるべく関わらないような位置に並ぶ。

「ね、おねがい。おれ遊びたいってかさ、送りたい、雨だし」

「電車のほうがはえーし」

「つすよね。でも車なら濡れないし、あとおれ一応馬乗れた過去持ちだから車もほぼ馬」

「過去持ち？」

「過去があるって意味」

「やば」

それなのに、既にハシノと彼女の間には危機とか迷惑とは違う妙な空気が流れはじめている。いつ突撃してやろうと思っていたわたしのほうがどことなく邪魔者っぽい。電車がホームに到着する旨のアナウンスが流れ、その途中でもう一度雷が落ちた。

「てかさあ」

彼女がベンチから立ち上がった。思わずそちらをじっと見てしまう。

「名前、聞けし」

「え」

わたしのこころの声とハシノの声が重なった。名前、聞けし。

「名前――」

ハシノがはじめて彼女と目線を合わせて話すのと同時に、耳をつんざくような汽笛を鳴らして電車がホームに到着する。そのせいでちょうど、その、ちょうどいいところが聞き取れなかった。わたしは下車する大勢の乗客の流れの中で彼女がニカ、と笑い、ハシノと共にさっき抜けたばかりの改札へと逆流しようとするのを見た。うそでしょ。そんなこと。いちばん前に並んでいたわたしは見届けることなくあっけなく電車に乗ってしまった。

温かい座席に深く腰掛け、鞄を抱くように座りながら悶々と考える。頭のなかを駆け回っていた毛並みのいい馬は一目散にどこかへ走って行ってしまった。色とりどりのはてなマークはきれいに散らばって残されたまま。今のはなんだったのか。なんていうかその、とにかく彼らの中であの瞬間何かが一致したのだろう。もしくは、一致する可能性を感じたのだろう。

最後の乗客が乗り込むその時、思わず目をぎゅっとつむるような強い紫色の光が破裂した。雷。雷に打たれるような恋のことを、電車が動き出すまで考えてしまう。

そのときリコちゃんはもりそばを、わたしは鴨そばを食べていた。蕎麦湯を飲み終えるあたりでスマホを見ていたリコちゃんは、すっ、と鋭く息を吸い硬直した。どうしたの、と聞くより先にスマホの画面を見せてくれる。そこにはリコちゃんの彼氏からの〈もうしんどい、別れよう〉というメッセージが表示されていた。あら。と言う。あらリコちゃん、彼氏、なんか言ってるね。「これはもう終わりなんでしょうね、そういうところは頑固な人だって、一回そう言ったらそうなんだって誰よりもわかってるつもりです」リコちゃんは、はは、と笑った。いつもうるうると明るい瞳の奥は真っ暗になっている。

お会計をふたりぶん済ませてお店を出る。「だめだめ」とリコちゃんが千円札を出す。ううん、わたしはリコちゃんの六つ年上。あなたは学生、わたしはサラリーマン。そしてリコちゃん、もうお蕎麦の味覚えてないでしょ、だからタダ。「ああ、ごめんなさい。でも食べたあとでよかった。途中で見たら残しちゃうところでした」残しちゃうところでした、じゃないよ。こんな時にすらおいしいお蕎麦屋さんのきもちを考えるリコちゃんはほんとうにいい子だ。いい子なのに、なぜ。

なんだか嫌な予感がする、とリコちゃんは数日前から言っていた。だから、そんなの予感だけだよ大丈夫とそばを食べながら言うつもりだった。夕食をとってふたりで観劇する予定だったが、どう考えても今コメディを見るきもちにはなれないだろう。リコちゃんを家まで送ることにした。川沿いを歩きながらリコちゃんが笑ったり黙ったりするのを、わたしは縁石に乗ったり降りたりを繰り返しながら、泣きだしたらいつでも背中を支えようと思って見ていた。

聞けば聞くほど別れに際する彼氏の対応は酷いものだった。彼氏はもっともらしく別れの理由を言っていたようだが、わたしが要約してしまえば、今まで自己肯定感の低い女を飼いならすことしかしたことがなかったので、自分よりも自立した聡明な女性に対して劣等感が生まれ、付き合っていられない。と言うことだった。そしておそらくそれは、リコちゃんとは別の自己肯定感の低い女を捕まえた、という意味だった。「ダーァ、バッカらしい！」とでかい声で言うと、「本当ですよ、ばーか！」と、リコちゃんもでかい声を出した。

リコちゃんが「それでも別れたくない」とはもう言い出しそうにないことがわかった。ただただ、そんな人だとは思わなかったというやるせなさがあるようだった。失恋のつらさは、憎らしい相手を憎もうとするせいで恋の真ん中にいたピンク色の自分ごと傷つけてしまいそうになることだ。そんな人だった人を尊敬して愛していた自分との折り合いを付けるのには時間がかかりそうだった。

わたしが一緒に居て大丈夫？　ひとりになりたくない？　泣きたいんなら付き合うこともひとりにすることもできるよ、と言うと、リコちゃんは「居てください」と言ったあと「でも、れいんさんも困りますよね、こんな目の前でふられるなんて思ってなかっただろうし」と涙目で笑った。確かに、目の前でともだちがふられたのはこれがはじめてだ。けれどもおろおろはしなかった。そんなショッキングなときに泣きわめかずにしゃんとして歩けるリコちゃんを相当かっこいいと思って見つめていたから。たとえ、家に帰ってから顔がひっくり返るほど泣くのだとしても。

「ばかだなあ、わたしはこんなに可愛くて明るくて彼氏思いなのに。地獄行きだ」

と、リコちゃんはつとめて明るく言った。聞き覚えがある。このきもちはどうすれば晴れるのか、と言うのでミオの話をした。散々にふられたミオとした儀式のこと。それは喪服で中華を食べ、散々思いつく限りの不謹慎な「葬式」だったこと。その葬式の喪主が、ちょうど今のリコちゃんと同じようなことを言っていたこと。Sugar の「ウエディング・ベル」を歌っていたこと。リコちゃんはひとしきり爆笑したあと、ミオさんに会ってみたいです。と言うので、ミオを紹介した。

別れ際、明日も大学で彼氏に会っちゃうのしんどくない？　講義さぼっちゃえば？　とへらへら言うわたしに「わたし、皆勤賞なんですよ、まじめなんで」とリコちゃんは笑った。どこまでもいい子。自分の不真面目さを照らされて、わたしはからだをちいさくした。

ミオとリコちゃんはしばらくふたりでやり取りをしたらしく、数日経ってミオから連絡が来た。「わたしに年下のかわいい女ともだちができてうれしい。こんないい子を泣かすなんて、元彼は楽に成仏できると思わないほうがいい」目がマジであることはＬＩＮＥでもわかった。心強い。一度喪主をやっただけのことはある。「でも、こんないい子に葬式はさせられないかもしれない」とミオは言った。それは同感だった。あの葬式はたしかに清々しかったが、その代償にあまりにも良心を胃もたれさせた。わたしもわたしのともだちもみんないい子だから、慣れない悪事をすると胃にくるのだ。ちょっと考える。とミオは言った。

ある日曜の夜、ミオから写真が送られてきた。そこにはタリーズでマグカップを持つリコちゃんが満面の笑みで映っている。

「協議の結果、中津川に鮭を放流することにしました」

と、ほどなくしてリコちゃんからＬＩＮＥがきた。呪怨のこもった手紙を書いた紙で鮭を作り、それを流すのだという。中津川は鮭が遡上することで有名な川である。わたしは爆笑した。「環境にやさしい素材を使うんだよ。それから、もし誰かに見つけられても個人情報が特定されないような手紙にしなね」とだけ言った。任せて、安心安全にやる。ミオは言った。

しばらくして動画が届いた。暗い川原で四本の棒が鮮やかな黄色に光っている。百円均一で売っている、ぱきぱき折ると光るあの棒だ。暗闇からミオとリコちゃんの声が聞こえる。ミオの声が近いので、ミオが撮った動画なのだろう。「あははこれすっごく光るね」「まさか冬の川原でこんなことをするとは」「これだけ眩しかったら成仏するでしょう」「やばい、これ誰かに見つかったらどうしましょう」「この人たちなにやってんだろうって思うだろうね」「そしたら『でも、わたしにはこの儀式が必要なんです！』って言ってやる」「あはは」

いつの間に、ふたりの仲はとても深まっているような声だった。光る棒は曲げられて輪っかになっていく。川の音だけがしばらく聞こえた。

「数珠」

輪っかを両手首にはめたリコちゃんがポーズを決めた。南無南無。

「めっちゃ強い」

ミオの声が笑う。

「よし、やるぞやるぞ」

と、リコちゃんが残りの二本を輪にすると、ミオが言った。

「なんか、天使の輪っかみたい」

そこで終わる動画だった。わたしはその動画にいたく感動してしまい、無言で三回見た。わたしの大切なともだちがわたしの大切なともだちと冬の夜の川原にいて、さむいさむいと言いながらやけに光る天使の輪っかを作って笑い合っている。とても不思議なことだった。ばかだなー、と声に出して言った。ばかだなー、は、愛おしいという意味だった。

十五分ほど経ってもうひとつ動画が届いた。

相変わらず暗闇で、川の音が大きく聞こえる。ぼんやりと映し出された水溶紙は鯨に似た形に折られていた。鮭じゃないじゃん、と笑ってしまう。そういえば鮭の折り紙なんて聞いたことがない。このふたりの今の勢いだ、調べたけど鮭の折り紙ってないんだね、鯨でもいいか、いいんじゃない？　どっちも泳ぐし！　と、なったのだろう。川面のすぐ近くにいるようだった。

リコちゃんは振りかぶって、振りかぶって振りかぶって、短く叫んだ。

「しねっ」

リコちゃんの背中が大きく動いて、鯨は投げられた。暗い川面に一瞬だけ白い鯨が浮いて一瞬で呑まれた。

「あー」「はやいはやい」「すごいすごい」「おー」「もういないね」「いなくなった」「さよならー」「さようなら」そこで動画は終わった。短い動画だった。さようなら、という丁寧なあいさつのリコちゃんの声が震えていたのは寒さだったのかどうか、暗い動画ではわからなかった。ミオとリコちゃんはそのあとどんな会話をしたのだろう。冬の川原のいちばんの思い出になるようなばからしい夜だったに違いない。

次の日、リコちゃんは大学の一限を欠席した。リコちゃんのツイッターには〈ほっとしたのか疲れたのか、久しぶりにぐっすり寝てさぼっちゃった〉とあり、ミオがいいねを押していた。とてもリコちゃんらしい皆勤賞の破り方だと思った。

バナナとビニニ

六月の平日だった。埼玉から十九歳の女の子がふたり、高速バスに乗ってわたしに会いに来てくれた。彼女たちと会ったのはその二年前の夏。盛岡短歌甲子園の選手として彼女たちは来ていて、わたしはボランティアという関係だった。おとなしい生徒が多い中でまぶしいオレンジのTシャツを着て明るい髪をしているふたりはとても目立った。うれしいときは「いえーい」と言い、くやしいときはぼろぼろ涙をこぼすようなふたりに三日間の大会の中で惹かれてしまい、積極的にちょっかいを出していたら最終日には「れいんちゃんはさあ」「なあに」と言い合うほどになった。

「盛岡行くね」と、とても気さくな感じでふたりは来た。岩手が大き過ぎるせいもあるかもしれないが、わたしは旅に対してけっこう腰が重いので十代のまだそんなにお金もないだろうふたりが会いに来てくれるのはとてもうれしく、責任重大な気がした。早朝から案内をしたかったが仕事の都合をつけられず、午後から休みを取って慌てて迎えに行った。ごめん！　待たせる！　とLINEを送ると〈バナナで小一時間爆笑してるから大丈夫〉と返ってきた。それは、大丈夫ではないのでは。小走りで喫茶店「リーベ」の扉をあけて二階に行くとふたりは店内に流れるビートルズの「Maxwell's Silver Hammer」に合わせて並んで揺れていた。「やほー」と、のんちゃんは言った。「ごめんねえ、お仕事あるのに」とゆーきちゃんは言った。ほんとに来たんだ、と言うと、来るっていったじゃん！　とふたりはけらけら笑った。

れいんちゃんにお土産！　と、差し出された袋にはおいものお菓子と青いキーホルダーのようなものが入っていた。

「それ、富士山の石が入ってるお守り」とゆーきちゃんが言うと

「あけてあけて！」とのんちゃんが急かす。

開けてみると、それはコバルトブルーの小さなお守りだった。赤い薔薇が刺繍されている。

「いろんなものを守ってくれるいろんなお守りがあったんだけど、れいんちゃん既にいろんな味方に守られてるし、弱いとこもないし、迷ったあ。で、これはね、情熱のお守り！」

「情熱があると、いいでしょいろいろ」

のんちゃんのまんまるい目とゆーきちゃんのクールでやさしい表情を交互に眺めてから、お守りに咲いた刺繍の薔薇を親指の腹でなぞる。情熱があるとたしかにいいよね、いろいろ。年下のともだちがこんなふうにわたしを励ましてくれるのは、なんてありがたいことだろうと思った。そのころ仕事や恋や人生が押し寄せてきていて、わたしはいろんなお守りが欲しいくらい、実は、とても、参っていた。

チャーミングティーを注文し、会うまでどこを回ってきたかなど聞く。光原社行ってないならこのあと行こうか。いいの？　やったー！　子供を持つとこんなきもちになるんだろうかとちょっと思う。わたしはこの子たちを絶対に守りたい。

そういえば、わたしのこと待ってる間なんで爆笑してたの、と訊くと、ふたりは顔を見合わせて、ぶふーっと吹き出してけらけらと笑いだした。「だって、あの、バナナ、いひひ、あはは、んふ、んーっ、ぐふふ」ちいさな座敷童がふざけあうのを見ているような心地でふたりの思い出し笑いを眺める。

「あっあのね。バナナ、って、ビニでもバナナなんだよ。大発見」

「何言ってるのか全然わからないよ、どういうこと？」

「いくよ、いくよっ、ふふ」

「ビニぃニぃ」

「ほらっ、バナナって聞こえたでしょ、しかもカタカナじゃなくて英語の、英語のBanana」

「バナぁナぁ、ビニぃニぃ」

わーっはっは！　ゆーきちゃんとのんちゃんはついに破裂したように笑い出す。ビニぃニぃ、だって！　外国みたい！　それでほら、「ブヌぅヌぅ」！　わはーっ、いけるいける、てことは？「ボノぉノぉ」！　ぎゃーっ、大発見大発見。ボノノかわいいじゃん、怪獣みたい！　ほんとだねほんとだね、ビーニニぃ！　ブーヌヌぅ！ボーノノぉ！　やったー！　ネイティブ！　ネイティブバナナ！　ふたりは向かい合いながら涙を流してうけている。くだらな過ぎる。さっきまで女子高生だったんだもんな。と思うと愛おしくてたまらない。しかも、くだらな過ぎるのにビニニもブヌヌもボノノも、たしかにバナナよりバナナなのだった。れいんちゃんも言ってみ、ほら。「ビニぃニぃー！」あはは！　うまい！　そして驚くことにわたしたちは三人で腹を抱えてまた小一時間笑った。愉快だ。のんちゃんとゆーきちゃんと一緒にいると妖怪になったような、だれにでもいたずらできそうなきもちになる。

仕事で忙しくて自分が自分じゃないみたいに感じるとき、机の引き出しにしまったお守りを取り出して薔薇の刺繍を撫でている。「ビニぃニぃ」と小さな声で呟く。ほんとうにネイティブな英語に聞こえるんだよなあ、はあ、くだらない。くだらないのに「ビニニ」は今ではわたしの情熱の呪文である。

わたしvs（笑）

（笑）を当たり前のように使う人と、どうにも仲良くできない。なぜなのかわからないが、これまでわたしはメッセージのやり取りで（笑）を使う人に六回キレて、四人の友人（になったかもしれない人）を失っている。そんな躍起になって怒らなくても、と呆れられもするが、どうしてか、この「（笑）」というものは、わたしの心の奥の怒りスイッチを連打する。

そんなちょっとしたメッセージの書き方くらいで誰かを見限ったりするのはあんまりだ。文体と本人はまたちがうじゃないか。自分でもそうわかっている。わかっているつもりなのだが、例えば意気投合した人とまたぜひお会いしましょう等と言って連絡先を交換した帰り道に「今日はありがとうございました、明日も仕事ですね

（笑）」などと送ってこられた日には、キーッ！　せっかく仲良くできると思ったのにもう無理だ、閉店！　解散！　グッバイ！　となる。そんなの社交辞令みたいなもん、ユーモアじゃないか、と思われるだろうが、わたしはその社交辞令感にぞざざざざと鳥肌が立ち、そんなつまらんユーモアいらんのじゃい！　と立ち上がって叫びたくなる。そのくらい苦手だ。

大体にして（笑）が添えられてくる文章に面白かったためしがない。自虐の感じがあっていやなのだ。「ふざけてますよ」というポーズをとらないと伝わらないと思われている、もしくはそれを「なされるべきユーモア」だと信じていらっしゃる。それがとても虚しく悲しくむかつく。（笑）を気兼ねなく使うやつは、高校時代クラスの中でなぜか面白い人ポジションに所属していて（ほんとうはもっとずっと面白い）おとなしいクラスメイトを見下しながら、一リットルのパックジュースにストローを刺して飲んでいたのだろうどうせ。無礼なバラエティ番組のドッキリでげらげら笑うのだろうどうせ。うすっぺらい歌詞の歌を聴くのだろうどうせ。どうせどうせどうせ、わたしのことを「ちょっと変わっている面倒な人」と、思っているんだろう、どうせ！

潔いほどの偏見だ。わたしは耳を赤くして熱弁してしまう。もうお分かりいただけたと思うが、おそらくわたしの（笑）ぎらいには学生時代の様々な薄暗い経験が関与している。（笑）を進んで使える人とそうではない人には壁がある。些細だと思われるかもしれないが、分厚く大きな壁だ。（笑）を使う星の人たちは、傷つけようなんて思っていない。自分がユーモアのある人間であると伝え、相手を和ませようとしている。和ませようとしているせいでわたしがむっとすればするほど乱れ打ちしてくる。

どうしたの？（笑）
え、なんで怒ってるの？（笑）
マジでわかんない（笑）
ぜんぜん心当たりないんだけど（笑）
そんな怒ること？（笑）

うるせーっ！　笑うな！　じたばたしてしまう。どうすれば（笑）をスルーできるのだろう。社会性のある人間としていろんな人と仲良くしたいのに。本気の悩みである。

先日、居酒屋で〈仲良くなれない人はいるか〉という話で盛り上がった流れでこの思いをぽんちゃんに打ち明けた。

「レインほどじゃないけどわかるよ。なんか、軽く見られてるきもちになるよね。使う人たち、実際会うと結構まじめで明るくていい人多いし」

「そうなの！　いい人が多い。つまんないんだけどいい人なんだよ」

「あはは、やば、相当な恨みじゃん」

どうすりゃいいんだろうね。スケジュール帳のメモページにぽんちゃんは走り書きをした。

（笑）（笑）（笑）

何度も書いていたらぽんちゃんがひらめいた。

「蟹の裏側の顔文字だと思えばよくない？」

「蟹の裏側？」

「ひっくり返した脚の付け根のとこに見える」

「無茶じゃない？」

「練習すればいける」

≧（笑）≦　（ひっくり返っている蟹）

≧（笑）≦≧（笑）≦≧（笑）≦　（蟹が三匹ひっくり返っている）

「いけるかも」

「でしょ？」

ぽんちゃんは「やりィ」と、ジョッキを持ち上げた。（笑）に苛立たない世界に乾杯。

「わたし、苦手な表記もう一個あってさ。『…』を『、、』とか『。。。』って書く人とも仲良くなれない。『ごめんなさい、、』って書かれると、一生謝る気ないだろと思っちゃう」

「レインは細けえなあ」

「ぽんちゃんはないの？　そういうの」

「んー、レインほど細かくないけど。語尾に『◎』つけるやつあるじゃん？『わかりました◎』とか」

「あるね」

「あれ、砲台がこっち向いてるって思っちゃうからちょっと怖い」

「砲台が？　なにそれ」

「レインに言われたくない」

〆に出てきたみそ汁には渡り蟹が真っ二つに折られて入っていた。「出汁に使うだけで味はないんで、適当に吸ったら捨ててください」と店員は言い、わたしとぽんちゃんは目を見合わせて笑った。

ふきちゃん

　七つ下のともだちができた。名前はふきちゃんという。吹奏楽の吹。苗字はわたしと同じ工藤。工藤吹。それが彼女の俳号だった。わたしが主宰する「ひっつみ」にいたなつきという女の子が、どうしても紹介したい後輩がいると連れてきてくれたのがふきちゃんだった。「ひっつみ」は岩手に暮らす人たちがいつでも書きたいと思ったときに書いて、それを読んでくれる仲間を作るためのグループだった。十代から四十代の男女が、来たいときに来て歌会や句会をしたり、しなかったりする。そういう居心地のいいグループとはいえ、ふきちゃんは最年少だった。いちばん最初のひっつみの歌会で、ふきちゃんは「く、工藤吹です高校一年生ですいろんな人と仲良くなりたいですあと工藤ですが玲音さんの親族ではありません！」とまくしたてるように言った。たぶん、みんなわたしの親戚ではないことはわかっていた。沸騰したやかんのようにポエー！　と話すふきちゃんのことを、みんなにこにこと迎え入れた。ふきちゃんとの付き合いはいつの間にか二年になった。ふきちゃんは受験生になった。

ふきちゃんは不思議な女の子だった。

丸い眼鏡で、前髪で目が隠れていて、寿司や魚のパーカーをよく着ていて、ソクラテスの絵の描いてあるバッグを持っていた。水族館に行ったお土産ですと貰ったスプーンは掬うためのひらべったい部分が魚の形をしていて、よくみるとそれは鰈だった。かれいスプーン、なるほど。そのスプーンは先が少しとがっているので、小瓶のコチュジャンを出すのにとてもちょうどよかった。

ふきちゃんは、よくよくおかしなことを言った。

わたしが食べようとする大きな正方形のティラミスに「そういうでっかい付箋のかたまり、ありますよね」といって、ふふふと笑ったり、唐突に「洞窟に行きたいんですと、Googleに〈洞穴レンタル〉と入れて、関東にあるらしいんですけど平日のみみたいです、と教えてくれたりした。

ふきちゃんは、わたしと同じ電車で学校に通っていた。

ある日仕事を終えて電車に乗ると、ふきちゃんが歳時記を広げて眉間にしわを寄せていた。面白いのでしばらく声をかけず眺めていると、は！　と思いついたり、いや、でもとうなだれたり頭を掻いたりしていた。近づいて「締め切り？」と声をかけると、あーっ！　れいんさん、わっ、えっ、うお、ええと、と、あせあせ隣の席に座らせてくれた。同人誌のための締め切りで、半日ひとりで散歩しながら句を作っていたらしい。隣同士並んで俳句の話をすると変な心地がした。この電車で短歌や俳句のことを考えるときわたしはいつもひとりきりだった。俳句や短歌をする人間はこの電車の中でわたししかいないだろうという孤独が、高校生のわたしを強くし、孤独にし、意地悪にした。わたしはすっかり大人と呼ばれる年になって七つ下のともだちと並んで俳句の話をしている。この電車には俳句や短歌をやるわたしと、ふきちゃんがいる。それはとってもうれしいことだった。

ふきちゃんは人を励ますのが得意だった。

わたしとふきちゃんはおなじ「ひっつみ」のりんちゃんとよく三人で遊んだ。ふきちゃんは一つ年上のりんちゃんととても仲が良く、ふたりでもいつも遊んでいるようだった。りんちゃんが落ち込んでいると、ふきちゃんは水の入ったペットボトルで目元をぐわんぐわんに歪ませた自撮りを送ったらしい。わたしが落ち込んでいるときも、ふきちゃんは言った。「でも、きっと今玲音さんにはそれが必要だったんですよ」。ふきちゃんのこと、たまに女子高生の体を借りた仙人か何かではないかと思う。

「もうだめかもしれません！」

と、駅まで一緒に歩きながらふきちゃんは元気よく言った。大学入試から帰ってきたふきちゃんにドーナツをおごった帰りだった。合格発表は五日後。この試験がだめだったとしてもだめじゃなかったとしても、来春ふきちゃんが岩手を離れることは決まっていた。だめならだめでどうにかなるよ。と言いながら、どちらにしても寂しくなる。気が付けばふきちゃんと過ごした時間はとても長くなっていた。あのとき食べたパフェさあ、そういえば一緒にフルーツポンチ作ったことあったね、家まで車で送ってくださったときありましたよね。いつの間にか思い出話になった。

「でも本当に、わたしは玲音さんと知り合えてよかったなあ」

ふきちゃんは突然立ち止まって俯いた。

ふきちゃんは圧倒的にいい子だ。大学に入ってもどこへいっても何をしても、そのすべてがふきちゃんの魅力になるだろう。知り合えてよかった、と、こんなに年下のともだちに言ってもらえるなんてどれほどありがたいことか。こうして青春の傍らにいさせてもらっただけでもとてもうれしいよ。わたしは感極まっていた。ふきちゃんはまだ俯いている。泣きそうなのだろうか、下を見たまま動かない。わたしもふきちゃんと出会えてよかったよ。背中を抱きしめたくなってその顔をのぞこうとした瞬間、がば！　と顔を上げてふきちゃんは嬉しそうに言った。

「見てください、誰かが落とした紙、売り上げ目標って書いてあります！」

ふきちゃんは地面から雪でにじんでくしゃっとした紙を拾い上げた。営業の人が落としたのであろう、何かの売上個数の表と目標予算が書いてあった。

「野生の売り上げ目標ですよ」

「ふきちゃん」

「なんですか！」

「わたしはふきちゃんのそういうところが好きだよ」

「えっ、わたしまた何かへんだったでしょうか！」

ふきちゃんは大学に合格した。いなくなってしまう前にふきちゃんとりんちゃんと三人で温泉にでも行こう。

死んだおばあちゃんと死んでないおばあちゃん

小学生の頃、おじいちゃんおばあちゃんというのは運動会を見に来て借物競走などに駆り出されるもので、ともだち同士で祖父母の話をするときに亡くなっているとなると、すこししゅんとした空気が流れた。しかし、わたしは今年で二十五歳になる。今同世代のひとと話すとなると、祖父母の葬儀を経験しているひとのほうが多くなった。

わたしには、死んだおばあちゃんと死んでないおばあちゃんがいる。この書き方はどちらのおばあちゃんにも失礼かもしれない。でも、わたしは敬意と実感をもってついついそういう言い方をしてしまう。死んだおばあちゃんが死んだとき、おばあちゃんって死ぬんだ。と思った。誰しも最後は亡くなるとわかっていたつもりだったけれど、死ぬ、ということはイメージしていたよりも軽く、なんてことなく、その代わり、ぜったい元には戻らないことなのだと知った。それからはもうひとりのおばあちゃんのことを、死んでないおばあちゃんだと思うようになった。

死んだおばあちゃんは母の母で、ご近所さんからはきみさんと呼ばれていた。ぷくぷく太っていて、割といじわるで、おおきなつづらを開けそうなタイプのおばあちゃんだった。給食のおばちゃんとして働いていたので、忍たま乱太郎のお残しはゆるしまへんで、のおばちゃんを見るたびに（死んだおばあちゃん……）と思う。とっても働き者だったが、認知症になってからは静かに痩せて樹木希林にそっくりになった。

脚が太いことがコンプレックスだと打ち明けたら「太ぇほうが転ばなくて良かべじゃ」と、言われたことがある。死んだおばあちゃんがわたしのことを「レイン」と呼べたことは一度もなく、「れっちゃん」「レーン」と呼ばれていた。小学生の数年間、わたしはきみさんと住んでいた。

死んでないおばあちゃんは父の母で、たまに、のぶちゃん、と呼ばれている。背がとても小さく、底抜けにやさしく、べらぼうに訛っていて、シルバニアファミリーみたいなたたずまいをしている。大きな鍋で作ってくれる煮つけと、大きな樽で作ってくれるたくあんと、ばかみたいな量のトマトをすりおろすだけのトマトジュースはわたしの大好物だ。

ひとり暮らしで岩手を離れる時「おばあちゃんちっちゃくて場所とらねえから一緒に連れてって部屋に置いてほしい、ルン婆として……」と、言われたことがある。

死んでないおばあちゃんもわたしのことを「レイン」と呼ぶことはなく、「れんちゃん」「おねえちゃん」と呼ばれている。死んでないおばあちゃんが死ぬ日のことが、わたしはやっぱり全然想像できない。できることなら不死になってほしい。

先日、仕事先の男性に
「くどうさんはいいおばあちゃんになりそうですよね」
と言われて驚いた。死んだおばあちゃんが「楽でねえぞ」とにやりと笑い、死んでないおばあちゃんがあら！　と目を丸くする。
死んだおばあちゃんと死んでないおばあちゃん。どちらも大好きで、どちらの血もわたしに流れている。レイン、と言う名前は老婆になってより深みをもって輝くような気がしている。いいおばあちゃんになれるだろうか。

喜怒哀楽寒海老帆立

ミドリは告白されて付き合う女の子から「何を考えているのかわからない」とふられることが多いと聞いて声を上げて笑ってしまった。たしかに普段のミドリは眼鏡の奥で瞳が浮くことがある。わたしの顔の奥の奥を見ているような焦点の合わなさ。付き合って最初のうちは、この人ほんとに今たのしいのか。この人怒ったりしないんだろうか、と少し心配したこともあった。ミドリは「玲音にはさまざまな感情の出力方法があって感動する」という。一日の中でもぎゃあぎゃあうるさいわたしからすると、感情がいろいろあってすごいなんて、ロボットみたいなこと言うのねと興味深い。

そんなミドリも喜怒哀楽以上に感情をあらわにすることがある。

ななふしのように細いミドリは寒さにめっぽう弱い。熱を蓄えるべき脂肪が圧倒的に足りないのだ。全身をヒートテックインナーにしても、東北の寒さに彼が勝つことはない。冬にバスを待つときなど、目をさんかくにして歯をがたがたさせながら、この、てめえ、など、彼がめったに口にしないような暴言を小さな声で言っている。

「誰に怒ってんの」

「寒さ」

「勝てる?」

「勝てない。威嚇しとく」

うううううう。ミドリが首を短くして唸る。冬の風が容赦なく吹き付けて、ミドリは両目をぼってんにする。喜怒哀楽のどれでもない「寒」。

それからミドリは海老と帆立が大好物だ。とくに生の。わたしが仕事で落ち込んで弱気なことをいうと「もしかして、海老のお寿司を食べたらいいんじゃない?」などという。そんな簡単じゃありませんけどわたし。と言いつつお昼に回転寿司に行ってみると、海老三点盛でぴかぴかに光る前向きさを得ることができたりする。ミドリには「海老」と「帆立」という表情がある。ふたりで函館へ行き、帆立のお寿司を食べたとき。天ぷら屋さんで天使の海老を食べたとき、ミドリは突然きゅるきゅるとした顔になる。「う」。もはや感極まりすぎて「うまい」が出てこないらしい。細いはずの目をきゅぴきゅぴと丸くして潤ませて、鼻をすんとあげて、くちびるをむすんだりひらいたりする。『フランダースの犬』の最後のシーンのはだかの赤ちゃん天使のような、もう、このままらせん状に飛んで天国へ行きますので。というような顔。

喜怒哀楽よりもつよい「寒」「海老」「帆立」のときのミドリの顔を、毎回最初から最後まで眺めてしまう。何を考えているのかわからないと言われてきたこの男の溢れ出る感情を見られるのはわたしだけなのかもしれない。そう思うと、新種の蝶を見つけたみたいにぞくぞくする。

山さん

入社してすぐ、俳句や短歌を書きますと言ったら馬鹿にされてしまうと思っていたが全くそんなことはなくて、どうしてだろうと思ったら山さんがいたからだった。

山さんは会社の営業でいちばんみんなが尊敬している男性で、仕事ができすぎるあまり定年後も当たり前のように再雇用となった。もとは部長だったが、再雇用となったのでいちばん下っ端だからよ、と言うのが山さんの言い分だが、みんなの仕事への心配りやベテランだからといって慢心せずに常に時事や流行や新たな学びを得ることに貪欲な姿は圧倒的に大きな背中となって立っている。

山さんは若いとき詩を書いていたことがあるらしい。そのときのノートをデスクに隠し持っているらしいのだが、見せてくださいよと言っても頑なに逃げられてしまう。「ポエムですか」などとわたしを馬鹿にすることは、山さんを馬鹿にするのとおなじなので、ほかの営業のメンバーは下手に茶化さない。

入社してすぐ、雪の溶けきらない春に山さんと一緒に少し遠くまで営業に行った。帰り道、山さんは「ちょっと寄り道しましょう」と車をどんどん田んぼの方へ走らせた。山にわたしを捨てるつもりですか、と冗談を言うと「入ったばかりの工藤さんにそんなことするわけないでしょうがっ！」と山さんは怒りながら笑った。

そういえば、ほかの上司はわたしを玲音、玲音さん、と呼んだりするが（なぜなら、社内に他にも工藤がいるから）、山さんはいつもわたしを「工藤さん」と呼ぶ。敬意を払いたいのだ、と言われた。気さくに名前で呼んでもらえるのもうれしいが、山さんから工藤さんと呼ばれるのもとても好きだった。お嬢ちゃん、ではなくお嬢さん、と呼ばれるときのような清々しさがあって。

山さんはある駐車場のようなところに車を停め「降りるべし」と微笑んだ。言われるがまま付いていくと、それは江間章子の詩碑だった。

風よ

わたしはあなたが好きだ
松林をくぐりぬけて
あなたがくるとき
空を見あげて
わたしは白くなる

——江間章子『水と風』

「仕事でうまくいったりいかなかったりするとな、ここに来る。ね、心がすーっとするいい詩だよな」

山さんは深く息を吸いながら横目でわたしを見た。そう、ですね。わたしは感動してしまった。自分の働くところにこんな素敵な先輩がいることが誇らしく、なによりの福利厚生だと思った。風よ。わたしはあなたが好きだ。心の中で二度読んだあたりで寒くなってふたりで凍えながら車へ戻った。

わいわいせかせかあわあわと仕事はあっという間に一年経ち、二年目の仕事納めの帰りに山さんをはじめ営業数人で軽くお酒を飲んだ。三杯目のビールを飲み終える山さんは「さて、来年の目標を聞かせてもらおうか」とわたしたちを見回した。「まずは予算を達成しながら……」と話し出す上司を「おいおい、そういうことじゃないだろうよ」と山さんは笑って制した。「仕事じゃない目標も立てないと」。さっすがだなあ、とわたしたちは仰け反る。山さんは何するんですか？

「手話。からだを使う言語がわかれば見える景色が変わると思わないか？」

うっとりしてしまった。手話か。手で会話できるという魔法のようなこと、その話者のまなざしを知っていたのでとてもよい抱負だと思った。だれかを救いたい、ということではなく、単純に「手話」という言語に興味があるということも素晴らしいと思った。わたしが思いつきで「一芸欲しいので、落語、時蕎麦とか一席できるようになりたいです」と言うと、四月の花見で披露な、と山さんは意地悪に笑う。期限をきっちり決めてそれを守るのも山さんだ。

年が明けて、また山さんと挨拶回りに遠くに行くことになった。助手席に乗り込むと、山さんは運転席のドアを開けて立ったままわたしのほうを向いて何か言いたそうな顔をしていた。どうしました？　と訊ねると、山さんはにっこり笑って手を動かして十秒くらいさまざまなポーズをとった。なんの踊りですか、と困惑すると「ばかもん」と山さんは笑った。

「わたしの、なまえは、やま、もと、です」

仕事始めから二日しか経っていないというのに、早速手話を習い始めたらしい。両手で大きな山をつくって「山」、そのあと大きな本を開く動作をして「本」。ちいさな子供にも理解できるであろうそのジェスチャーはとてもかわいらしくてぐっと来た。

「覚えないといけない単語があって困っちゃうねぇ」

山さんはうれしそうに困っている。

「あ、雨はこうですよ」

ざあ、ざあ。指をすべて下に向けた手を、二回、降らせるように動かす。名前だけ習ったことがあるのだ。大きな山と、大きな本を開く動きをもう一度おさらいして、今年もまた仕事がはじまる。

あこがれの杯

二十二歳、五月。大学をまっすぐ卒業できず、就職も上手くいかず、なぜ自分は盛岡にいるのだろうと思いながら事務の仕事をしていた。将来のことを考えるのもおっくうで、自分のからだがどんどん透けていくようなふらふらとした生活を送っていたころ、たまたま入った光原社というお店の硝子食器のコーナーに目を奪われた。光原社は盛岡の材木町という場所にある工芸品や上質なカトラリーが売っているお店だ。その店内にある硝子食器を飾る硝子棚が初夏の光をすべてそこに集めたかのような、清らかな光を湛えていた。そのなかでもより一層わたしの眼を引いたのが、小さな杯だった。分厚い硝子のコップに短い脚を付けたような、すこしおもちゃのようないでたちの杯。ふつうの丸みのあるワイングラスよりも繊細さには欠けるし、おしゃれ、きれい、という面持ではなかったが、その頼もしさや誓いにも似た出で立ちにすっかり撃ち抜かれてしまった。すこししか液体が入らなそうなところも愛おしく思えた。手に取ると、ひとつ三千円ちょっと。自分の身入りにはあまりにも背伸びした金額だったし、実家で使うには少なくとも五脚は必要だったので目をぎゅっと閉じて諦めた。いつか。一緒に暮らすことを決めた人ができたら引っ越しを終えた日にこれを買おう。向かい合って食べる夕飯にこの杯をならべて、ほんの少ししか入らないワインを一杯だけ。毎日すこしだけのワインを飲もう。そう決心した。それからは光原社に行くたびにセーブポイントのようなきもちで硝子棚に行き、やっぱり三千円ちょっとであることを毎回確認しては、その日、がいつになるのだろうと焦った。

二十四歳、八月。臨時収入が出て、ただし今日中に使う必要があった。五千円。駅ビルの服屋を回っても全然欲しくないブラウスばかり。臨時収入にこれだけ血眼になるのも恥ずかしいと思いつつ、なんとしてもこの五千円は納得のいく使い方がしたいと思った。靴、鞄、本、眼鏡。ぐるっと回ってもそれにふさわしいものはなかった。今どうしても必要というわけではないがずっと欲しいと思っていて、ずっと使うもの。はっと閃いた。杯、買ってしまおうか。

足が勝手にずんずんと光原社に向かう。いや、でも、杯はわたしの決めた約束を叶えたらって誓ったじゃない。ばか、もうそんなこと言ってられないでしょうよ、そろそろ二十五歳になるんだよ。でもこんな急に決めることないよ。いいや、この勢いで買うしかないね、買ったら叶うってこともあるでしょうが。でも、だってこれは食卓を向かい合う相手とふたりで買いに行くって決めたじゃん。どうせきっとその頃にはいろんな用意でお金なくて盃にこんなにお金払えないよ。いや、でも……店に早足で向かう間に、買うわたしと買わないわたしがふたつに分かれて争っていた。

　光原社のある材木町ではちょうど「よ市」がはじまっていて、ビールやワインや日本酒を片手にたくさんの大人がほろ酔いになっている。人を縫うようにしてますます早足で歩く。飲みたいきもちがひとつも湧いてこない。だってわたしはきょう、今、そう！　杯を買いにここに来たのだから。

　光原社にはいつも世の中と違う時間が流れていると思う。中庭に射し込む光も普段より天国に近い光であるような心地がする。煉瓦と土壁と大きな壺と、砂利と、竹と、林檎の木。宮沢賢治ファンや盛岡観光客が、ほう……とうっとりしながら庭を眺めている。大きく息を吸う。押し扉を肩で押し、硝子棚のところへ。お待たせ！

　ところが、なかった。

杯はあっても、わたしの欲しいかたちのものがなくなっていた。コップに短い脚をつけたような、分厚い硝子の、三千円ちょっとの。がっかりより先にどうしようと思った。てっきりあると思っていたあこがれの杯がなくなっていることは、わたしにとって単に品切れではなく「間に合わなかった」という意味となった。ああ、間に合わなかったのだ、なぜもっと早く。いつか誰かとふたりで暮らすこともすっかり間に合わなかったのだというきもちになってしまった。わたしは呆然と、硝子棚を透かしてまるっきり人生のことを考えていた。

ない、という状況をまだ完全には認めきれなかったが、硝子棚に別のお客さんが来たのではっと我に返り、立ち尽くすのをやめて店内を物色した。時間もない。とにかくここで五千円の使い道を決めることにして二階の売り場を見る。とても質のよさそうな絨毯、刺繍のシャツ、何十年も使えそうな革の鞄。ひとつひとつが誇らしげに陳列されている中で紺色の麻のエプロンが目についた。エプロン！　そうだ、エプロンもずっと前から欲しかった。暗い色で身体にぴたっと吸い付くような、おいしそうな料理が作れそうに見えるいいエプロンを探していた。仕事の忙しさにかまけて長らく厨に立つことがなかったので、自分がエプロンを欲しかったことすら忘れていた。値段は四千八百円と税。ほぼ予算通り。これだな、としめしめ思った。これだな、と思ったことがばれたのか、店員の素敵な白髪交じりの女性が、試着しますか？　ではなく、「買う前に着ましょう」と声をかけてくれた。

全身鏡の前で首の紐をくぐり、お腹に回した紐を締めるとき、「あ」と声が出た。自分の顔つきが変わるのがわかった。これからガスコンロをつけるようなきもちになり、背筋がしゃんとして自然に笑みがこぼれた。鏡に映る自分のエプロン姿はまさにわたしが思い描いていたものだった。背後から試着を見た店員が「あら、やっぱりお似合いです。よくキッチンに立たれてるんですね、そういうお顔です」と優しく言うので泣きたくなった。そうです。そうなんです。料理もできないほど仕事に追われたふりをして何をやっているんだろう。人生で重要視するべき項目を考え直さなければと思った。エプロンを買って料理をしよう。誰かとふたりで暮らすことよりも、厨に立つことのほうがまずは大事だ。そうだったそうだった。

不安定な未来を無理やり型で抜くように杯を買うよりも、エプロンを買い、エプロンを使うような生活を目指すほうが身の丈に合ったすこやかな判断だと思った。わたしが欲しいものは、今は杯よりもエプロン。「買います」と言うと鏡越しに目の合った店員は深く頷き、にこやかに会計へ連れて行ってくれた。

焦ってもしょうがないが、やっぱりいずれ欲しかったので、会計でエプロンを包んでいる店員に聞いてみた。

「あの、硝子棚にあった脚の短い杯って」

「ああ、セーコー硝子の」

「セーコー？」

「星耕です、星を耕すと書いて」

「星を耕す」

「いい名前ですよね」

「その星耕硝子の今あるやつじゃない、もうすこしぽてっとしたものが欲しかったんです」

「ああ、あれですか。お盆期間に観光客の方がわっと来て結構売れてしまったので今は在庫がないんです。でもまた入荷しますし、どうしても欲しければオーダーもできます」

「どうしても欲しかったんです、でもきょうはエプロン買います」

「ええ、お待ちしていますから大丈夫ですよ」

店員はやさしく微笑みながら丁寧に包んだエプロンを渡してくれた。五千円ちょっと。無事に使い切ることができた。お礼を言って紙袋を抱くようにして店を出る。

よ市はさらに盛り上がりを見せて、材木町一帯がほろ酔いのようだった。もつ鍋、ワイン、串かつ、日本酒、牡蠣、ベアレンビール、きゅうりの一本漬けの間をするする抜けて早足で駅まで戻る。お待ちしていますから大丈夫ですよ。お待ちしていますから大丈夫です。店員の声を反芻する。あこがれの杯が、あこがれの日々がじっと、星を耕す光を湛えて静かにわたしを待っている。

あとがき

生活は死ぬまで続く長い実話。そう思うと、どんな些細なことでも書き留めておきたくなります。わたしの生活の手応えはいつもだれかとの会話にあって、日記を書いてばかりいる十代でした。FC2、Alfoo、Mobile Space、Blogger、Tumblr、はてなダイアリー。それがこうして本に繋がると思うと不思議です。

この前ミドリに「玲音はハッとしたときに『ハッ』って声出てるよね」と言われて思い出しました。数年前に芸能人が商店街を歩くテレビ番組があって、その商店街の魚屋さんか、時計屋さんか、靴屋さんか、お茶屋さんかはすっかり思い出せないのですが、お店をやっているおじさんが、

「『ハッと哲学』よ、恋も仕事も、ハッとしたことじゃないと上手くいかない」

と言っていました。シーンが急に来たとき、わたしはハッとして、ハッと声に出して、そのまま書いているのだと思います。

連載時、「実話ですか?」と訊かれることが多かったのですが、それだけ他人から見るとうそみたいな本当の生活を送っていると思うとぞくぞくします。でも、気がつかないだけで、わざわざ額に入れて飾ろうとしないだけで、どんな人の周りにもたくさんのシーンはあるのだと思います。ハッとしたシーンを積み重ねることで、世間や他人から求められる大きな物語に呑み込まれずに、自分の人生の手綱を自分で持ち続けることができるような気がしています。

こうして書いて載せることにさわやかに許可をくれたすべての「おだやかな百鬼夜行」のみなさん、この本には収まりきらなかった強烈なともだち各位、装画の西淑さん、帯文の植本一子さん、一時期調子を崩して書けなくなったわたしに西郷隆盛のお面を送ってくれた担当編集の藤枝大さんに大きな感謝をいたします。

バスに差し込む光が春だ！

三月の終わりに
くどうれいん

文庫版あとがき

高校生のわたしは「ホムペ」で「リアル」を書くための携帯電話（docomo の真っ黄色のスライド式のやつ）と、もはやメモ帳として活用しすぎてあらゆる余白に短歌の切れ端を書いていた生徒手帳を胸ポケットに入れていた。半袖の白いシャツに紺色のネクタイ、紺色のスカート、派手なナイキのスニーカー。リュックサックは「太陽の表面」が全面にプリントされた黒とオレンジのマーブル模様で、燃えているような柄のリュックサックを背負うわたしはよく「かちかち山」と言われていた。その燃え盛るリュックサックの中に、文芸部の原稿を書くためのポメラと文庫本を必ず入れていた。わたしは日記に書くことを増やすために高校へ行き、日記をゆっくり書くために帰宅した。ほとんどの時間、書くことしか考えていなかった。成績はみるみる落ちて常に学年の下から十番に入っていた。数学教師はわたしの九点のテストを返却しながら「伸びしろしかないぞ！」と笑った。

ある夏の終わり。バス停で文庫本を読んでいたら、ジャージを着た男子高生ふたりがわたしの前を自転車で通り過ぎた。

「本読んでる！」

「頭《あつたま》いいなー」

俯きながら『ぼくは勉強ができない』を読んでいたわたしのつむじに、その言葉はやけに刺さった。慌てて顔を上げると既に自転車のふたりは上り坂をぐんぐん進んで、叫ばなければ声が届かない位置に居た。悔しかった。でも、声がもし届いたとして、わたしは何を言うつもりだったのだろう。「頭よくないよ！」と言いたかったのだろうか。ちがう。あのときわたしは「本読んでないよ！」と言いたかったのではないだろうか。

高校生のわたしにとって、学校の行き帰りや空き時間に文庫本を開いている時間は、読書以上の意味があった。盾だったのだ。心臓の前で開くちいさな盾。だれがどんな言葉でどんな表情で何を話しているのか周りのことを気にする分、自分がまわりからどんな風に思われているのか常に考えてしまうところがあった。そういうわたしを、文庫本が護ってくれた。文庫本を読んでいる間、わたしはわたしにまつわる人間関係や、時間や歴史や責任や期待から、解放されている気がしていた。「本を読んでいる人」でいることで、文庫本はわたしの盾となってくれた。

「本読んでる！」
「頭《あつたま》いいなー」

このふたことを、もしかしたらわたしは十年以上、未だに根に持っているのかもしれない。たいして本を読んでいない、頭もよくない自分のことをどこかでずっとにせものだと思っている。作家にはたくさん本を読んでいる人と、うんと頭がいい人しかいないような気がする夜がある。この頃のわたしは（ほんとにここで合ってんのかな）と思いながら、行先の正しいバスが来ることを信じてただ俯いて待っているけれど、そういうときほどちいさな盾が必要だったのではないだろうか。

『うたうおばけ』が文庫化される。わたしの本がはじめて、文庫になる。そう言われても、正直ピンとこなかった。事が大きすぎてきょとんとしていたのだ。「背表紙の色が選べるので考えておいてくださいね」とのことだった。講談社文庫は最初の一冊だけ背表紙の色を一色選ぶことができる。ただし、最初に選んだ色は変えられず、その後二冊目三冊目と出ることになっても毎度同じ色になるのだそうだ。文庫化される気満々だったと思われてしまいそうで悩んだふりをしていたが、背表紙はピンクにしようとはじめから決めていた。『わたしを空腹にしないほうがいい』がピンク色の表紙でわたしを遠い世界まで連れてきてくれたのだから、背表紙もおなじような色のほうがお守りになると思ったのだ。

それから書店に行くときは「くどうれいん」が入るかもしれない棚に目が行くようになった。旅先の駅前の書店などを覗くと、ちいさな文庫本の棚で人差し指を右往左往させながら「あかさ、か、か、かきく、くどう」とぶつぶつ唱えて「くどうれいん」が置かれるとしたらどこになるのか探した。いくつも書店を回ったが、もしかすると「黒柳徹子」さんの隣になることもあるのかもしれなかった。すご。と笑ってしまった。あまりにも畏れ多いことだった。文庫になるというのがどういうことなのか、ようやく具体的に想像がついた。この現実を（書くのってたのしい！）とばかり考えていた高校生のわたしが聞いたら、びっくりしてお腹を壊して早退してしまうだろう。

出版社からすると文庫化にはさまざまな期待が込められているのだろう。けれどわたしにとって文庫化されるというのは、たったひとつ、高校生だったわたしのリュックサックに入るかもしれない本になる、ということなのだ。わたしはこうして、あの日わたしが持っていたちいさな盾を作ることができた。普段作品を書いていて「だれかのために書こうと思ったことは一度もない」「すべて自分のために書いたことなので、救われたと言われても困る」などとつんけん答えてばかりいるが、きょうばかりは、もしかすると、この盾がだれかを護ることがあるかもしれないと、思ってしまう。

明るい夜のにおいが夏だ！

七月の終わりに

くどうれいん

本書は、二〇二〇年四月、書肆侃侃房から発売された単行本に、
文庫版あとがきを加筆したものです。

JASRAC 出 2306890-411

|著者| くどうれいん　作家。1994年生まれ。著書に、『わたしを空腹にしないほうがいい』（BOOKNERD）『水中で口笛』（左右社）『氷柱の声』（第165回芥川賞候補作、講談社）『プンスカジャム』（福音館書店）『あんまりすてきだったから』（第72回小学館児童出版文化賞候補作、ほるぷ出版）『虎のたましい人魚の涙』（講談社文庫）『桃を煮るひと』（ミシマ社）『コーヒーにミルクを入れるような愛』（講談社）など。現在、文芸誌「群像」（講談社）にてエッセイ「日日是目分量」ほか連載多数。

うたうおばけ

くどうれいん

2023年10月13日第1刷発行
2024年11月25日第11刷発行

発行者――篠木和久
発行所――株式会社　講談社
東京都文京区音羽2-12-21　〒112-8001
電話　出版（03）5395-3510
　　　販売（03）5395-5817
　　　業務（03）5395-3615

Printed in Japan

講談社文庫
定価はカバーに表示してあります

KODANSHA

デザイン―菊地信義
本文データ制作―講談社デジタル製作
印刷―――株式会社KPSプロダクツ
製本―――株式会社国宝社

ISBN978-4-06-532877-4

講談社文庫刊行の辞

二十一世紀の到来を目睫に望みながら、われわれはいま、人類史上かつて例を見ない巨大な転換期をむかえようとしている。

世界も、日本も、激動の予兆に対する期待とおののきを内に蔵して、未知の時代に歩み入ろうとしている。このときにあたり、創業の人野間清治の「ナショナル・エデュケイター」への志を現代に甦らせようと意図して、われわれはここに古今の文芸作品はいうまでもなく、ひろく人文・社会・自然の諸科学から東西の名著を網羅する、新しい綜合文庫の発刊を決意した。

激動の転換期はまた断絶の時代である。われわれは戦後二十五年間の出版文化のありかたへの深い反省をこめて、この断絶の時代にあえて人間的な持続を求めようとする。いたずらに浮薄な商業主義のあだ花を追い求めることなく、長期にわたって良書に生命をあたえようとつとめるところにしか、今後の出版文化の真の繁栄はあり得ないと信じるからである。

同時にわれわれはこの綜合文庫の刊行を通じて、人文・社会・自然の諸科学が、結局人間の学にほかならないことを立証しようと願っている。かつて知識とは、「汝自身を知る」ことにつきていた。現代社会の瑣末な情報の氾濫のなかから、力強い知識の源泉を掘り起し、技術文明のただなかに、生きた人間の姿を復活させること。それこそわれわれの切なる希求である。

われわれは権威に盲従せず、俗流に媚びることなく、渾然一体となって日本の「草の根」をかたちづくる若く新しい世代の人々に、心をこめてこの新しい綜合文庫をおくり届けたい。それは知識の泉であるとともに感受性のふるさとであり、もっとも有機的に組織され、社会に開かれた万人のための大学をめざしている。大方の支援と協力を衷心より切望してやまない。

一九七一年七月

野間省一

倉阪鬼一郎　八丁堀の忍(三)〈遥かなる故郷〉
倉阪鬼一郎　八丁堀の忍(四)〈隻腕の抜け忍〉
倉阪鬼一郎　八丁堀の忍(五)〈討伐隊、動く〉
倉阪鬼一郎　八丁堀の忍(六)〈死闘、裏伊賀〉
黒田研二　神様の思惑
黒木　渚　壁の鹿
黒木　渚　本性
黒木　渚　檸檬の棘
久坂部　羊　祝葬
黒澤いづみ　人間に向いてない
久賀理世　奇譚蒐集家　小泉八雲〈白衣の女〉
久賀理世　奇譚蒐集家　小泉八雲〈終わりなき夜に〉
雲居るい　破《は》蕾《らい》
鯨井あめ　晴れ、時々くらげを呼ぶ
鯨井あめ　アイアムマイヒーロー！
鯨井あめ　きらめきを落としても
窪　美澄　私は女になりたい
くどうれいん　うたうおばけ
くどうれいん　虎のたましい人魚の涙

黒崎視音　マインド・チェンバー〈警視庁心理捜査官〉
決戦！シリーズ　決戦！関ヶ原
決戦！シリーズ　決戦！大坂城
決戦！シリーズ　決戦！本能寺
決戦！シリーズ　決戦！川中島
決戦！シリーズ　決戦！桶狭間
決戦！シリーズ　決戦！関ヶ原2
決戦！シリーズ　決戦！新選組
決戦！シリーズ　決戦！賤ヶ岳
決戦！シリーズ　決戦！忠臣蔵
決戦！シリーズ　風雲〈戦国アンソロジー〉
小峰　元　アルキメデスは手を汚さない
今野　敏　ST警視庁科学特捜班　エピソード1〈新装版〉
今野　敏　ST警視庁科学特捜班　毒物殺人〈新装版〉
今野　敏　ST警視庁科学特捜班〈黒いモスクワ〉
今野　敏　ST警視庁科学特捜班〈青の調査ファイル〉
今野　敏　ST警視庁科学特捜班〈赤の調査ファイル〉
今野　敏　ST警視庁科学特捜班〈黄の調査ファイル〉
今野　敏　ST警視庁科学特捜班〈緑の調査ファイル〉

今野　敏　ST警視庁科学特捜班〈黒の調査ファイル〉
今野　敏　ST為朝伝説殺人ファイル〈警視庁科学特捜班〉
今野　敏　ST桃太郎伝説殺人ファイル〈警視庁科学特捜班〉
今野　敏　ST沖ノ島伝説殺人ファイル〈警視庁科学特捜班〉
今野　敏　ST化合　エピソード0〈警視庁科学特捜班〉
今野　敏　STプロフェッション〈警視庁科学特捜班〉
今野　敏　特殊防諜班　諜報潜入
今野　敏　特殊防諜班　聖域炎上
今野　敏　特殊防諜班　最終特命
今野　敏　茶室殺人伝説
今野　敏　奏者水滸伝　白の暗殺教団
今野　敏　同期
今野　敏　欠落
今野　敏　変幻
今野　敏　警視庁FC
今野　敏　カットバック　警視庁FCII
今野　敏　継続捜査ゼミ
今野　敏　エムエス〈継続捜査ゼミ2〉
今野　敏　蓬莱〈新装版〉

講談社文庫　目録

笹本稜平　駐在刑事
笹本稜平　駐在刑事　尾根を渡る風
西條奈加　世直し小町りんりん
西條奈加　まるまるの毬《いが》
西條奈加　亥子《いのこ》ころころ
佐伯チズ　誓完全版 佐伯チズ式「完全美肌バイブル」〈123の肌悩みにズバリ回答!〉
斉藤　洋　ルドルフとイッパイアッテナ
斉藤　洋　ルドルフともだちひとりだち
佐々木裕一　公家武者 信平《のぶひら》〈消えた狐丸〉
佐々木裕一　逃げた名馬〈公家武者 信平(二)〉
佐々木裕一　比叡山の鬼〈公家武者 信平(三)〉
佐々木裕一　公卿《くぎょう》の罠《わな》〈公家武者 信平(四)〉
佐々木裕一　狙われた旗本〈公家武者 信平(五)〉
佐々木裕一　赤い刀身〈公家武者 信平(六)〉
佐々木裕一　帝《みかど》の刀匠《とうしょう》〈公家武者 信平(七)〉
佐々木裕一　若君の覚悟〈公家武者 信平(八)〉
佐々木裕一　くもの頭領〈公家武者 信平(九)〉
佐々木裕一　宮中の誘い〈公家武者 信平(十)〉
佐々木裕一　雲雀《ひばり》の太刀〈公家武者 信平(十一)〉
佐々木裕一　決着の闘《とき》〈公家武者 信平(十二)〉
佐々木裕一　姉妹の絆〈公家武者 信平(十三)〉
佐々木裕一　町くらべ〈公家武者 信平(十四)〉
佐々木裕一　狐のちょうちん〈公家武者信平ことはじめ(一)〉
佐々木裕一　姫のため息〈公家武者信平ことはじめ(二)〉
佐々木裕一　四谷の弁慶〈公家武者信平ことはじめ(三)〉
佐々木裕一　暴れ公卿〈公家武者信平ことはじめ(四)〉
佐々木裕一　千石の夢〈公家武者信平ことはじめ(五)〉
佐々木裕一　妖《あや》し火〈公家武者信平ことはじめ(六)〉
佐々木裕一　十万石の誘い〈公家武者信平ことはじめ(七)〉
佐々木裕一　黄《よ》泉《み》の女〈公家武者信平ことはじめ(八)〉
佐々木裕一　将軍の宴〈公家武者信平ことはじめ(九)〉
佐々木裕一　宮中の華〈公家武者信平ことはじめ(十)〉
佐々木裕一　乱れ坊主〈公家武者信平ことはじめ(十一)〉
佐々木裕一　領地の乱〈公家武者信平ことはじめ(十二)〉
佐々木裕一　赤坂の達《だる》磨《ま》〈公家武者信平ことはじめ(十三)〉
佐々木裕一　将軍の首〈公家武者信平ことはじめ(十四)〉
佐々木裕一　魔《ま》眼《がん》の光〈公家武者信平ことはじめ(十五)〉
佐々木裕一　暁の火花〈公家武者信平ことはじめ(十六)〉
佐藤　究《きわむ》　Q　J　K　J　Q
佐藤　究　A　n　k..〈a mirroring ape〉
佐藤　究　サージウスの死神
佐野　晶　三田紀房・原作　小説アルキメデスの大戦
澤村伊智　恐怖小説キリカ
さいとう・たかを　戸川猪佐武 原作　歴史劇画 大宰相〈第一巻 吉田茂の闘争〉
さいとう・たかを　戸川猪佐武 原作　歴史劇画 大宰相〈第二巻 鳩山一郎の悲運〉
さいとう・たかを　戸川猪佐武 原作　歴史劇画 大宰相〈第三巻 岸信介の強腕〉
さいとう・たかを　戸川猪佐武 原作　歴史劇画 大宰相〈第四巻 池田勇人と佐藤栄作の激突〉
さいとう・たかを　戸川猪佐武 原作　歴史劇画 大宰相〈第五巻 田中角栄の革命〉
さいとう・たかを　戸川猪佐武 原作　歴史劇画 大宰相〈第六巻 三木武夫の挑戦〉
さいとう・たかを　戸川猪佐武 原作　歴史劇画 大宰相〈第七巻 福田赳夫の復讐〉
さいとう・たかを　戸川猪佐武 原作　歴史劇画 大宰相〈第八巻 大平正芳の決断〉
さいとう・たかを　戸川猪佐武 原作　歴史劇画 大宰相〈第九巻 鈴木善幸の苦悩〉
さいとう・たかを　戸川猪佐武 原作　歴史劇画 大宰相〈第十巻 中曽根康弘の野望〉
佐藤　優　人生の役に立つ聖書の名言
佐藤　優　戦時下の外交官〈ナチス・ドイツの崩壊を目撃した吉野文六〉
佐藤　優　人生のサバイバル力
斉藤詠一　到達不能極

講談社文庫　目録

島田荘司　屋　上
島田荘司　名探偵傑作短篇集　御手洗潔篇
島田荘司　火　刑　都　市〈改訂完全版〉
島田荘司　暗闇坂の人喰いの木〈改訂完全版〉
島田荘司　網走発遙かなり〈改訂完全版〉
清水義範　蕎麦《そば》ときしめん
清水義範　国語入試問題必勝法〈新装版〉
椎名　誠　にっぽん・海風魚旅〈怪し火さすらい編〉
椎名　誠　大漁旗ぶるぶる乱風編〈にっぽん・海風魚旅4〉
椎名　誠　南シナ海ドラゴン編〈にっぽん・海風魚旅5〉
椎名　誠　風のまつり
椎名　誠　ナ　マ　コ
椎名　誠　埠頭三角暗闇市場
真保裕一　取　引
真保裕一　震　源
真保裕一　盗　聴
真保裕一　朽ちた樹々の枝の下で
真保裕一　奪　取　(上)(下)
真保裕一　防　壁

真保裕一　密　告
真保裕一　黄金の島　(上)(下)
真保裕一　発　火　点
真保裕一　夢　の　工　房
真保裕一　灰色の北壁
真保裕一　覇王の番人　(上)(下)
真保裕一　デパートへ行こう！
真保裕一　アマルフィ〈外交官シリーズ〉
真保裕一　天使の報酬〈外交官シリーズ〉
真保裕一　アンダルシア〈外交官シリーズ〉
真保裕一　ダイスをころがせ！(上)(下)
真保裕一　天魔ゆく空　(上)(下)
真保裕一　ローカル線で行こう！
真保裕一　遊園地に行こう！
真保裕一　オリンピックへ行こう！
真保裕一　連　鎖〈新装版〉
真保裕一　暗闇のアリア
真保裕一　ダーク・ブルー
篠田節子　弥　勒

篠田節子　転　生
篠田節子　竜　と　流　木
重松　清　定年ゴジラ
重松　清　半パン・デイズ
重松　清　流星ワゴン
重松　清　ニッポンの単身赴任
重松　清　愛　妻　日　記
重松　清　青春夜明け前
重松　清　カシオペアの丘で　(上)(下)
重松　清　永遠《とわ》を旅する者〈ロストオデッセイ　千年の夢〉
重松　清　かあちゃん
重松　清　十　字　架
重松　清　峠うどん物語　(上)(下)
重松　清　希望ヶ丘の人びと　(上)(下)
重松　清　赤ヘル１９７５
重松　清　なぎさの媚薬　(上)(下)
重松　清　さすらい猫ノアの伝説
重松　清　ル　ビ　ィ
重松　清　どんまい

講談社文庫　目録

2024年9月13日現在